致青春——

「青春诗会」40年

《诗刊》社 编

壹

第 一 卷（第 一 届—第 五 届）
第 二 卷（第 六 届—第 十 届）
第 三 卷（第十一届—第十五届）
第 四 卷（第十六届—第十九届）
第 五 卷（第二十届—第二十三届）
第 六 卷（第二十四届—第二十七届）
第 七 卷（第二十八届—第三十二届）
第 八 卷（第三十三届—第三十六届）

中国书籍出版社
China Book Press

图书在版编目（CIP）数据

致青春："青春诗会"40年：全八卷.第一卷／《诗刊》社编.—北京：中国书籍出版社，2021.5
ISBN 978-7-5068-8464-8

Ⅰ.①致… Ⅱ.①诗… Ⅲ.①诗集－中国－当代 Ⅳ.①I227

中国版本图书馆CIP数据核字（2021）第079953号

致青春——"青春诗会"40年：全八卷·第一卷
《诗刊》社 编

图书策划	王晓笛　武　斌
责任编辑	王　淼
特约编辑	罗路晗
责任印制	孙马飞　马　芝
装帧设计	旺忘望
出版发行	中国书籍出版社
地　　址	北京市丰台区三路居路97号（邮编：100073）
电　　话	（010）52257143（总编室）　（010）52257140（发行部）
电子邮箱	eo@chinabp.com.cn
经　　销	全国新华书店
印　　刷	三河市华东印刷有限公司
开　　本	880毫米×1230毫米　1/32
字　　数	218千字
印　　张	7.75
版　　次	2021年5月第1版
印　　次	2021年5月第1次印刷
书　　号	ISBN 978-7-5068-8464-8
定　　价	480.00元（全八卷）

版权所有　翻印必究

《致青春——"青春诗会"40年》编委会

主　　任　吉狄马加

编　　委　（排名不分先后）

邵燕祥　谢　冕　吴思敬　朱先树　寇宗鄂

唐晓渡　周所同　邹静之　叶延滨　林　莽

吉狄马加　李少君　王　冰　霍俊明　谢建平

王　平

主　　编　李少君

执行主编　霍俊明　王晓笛

序一

永不落幕的"青春"

中国作家协会副主席、书记处书记 吉狄马加

诗歌是文学的桂冠，是引领人类良知和精神前行的灯塔。中国新诗自五四运动发端以来，经历了百余年的时光。作为诗的国度，新诗在几千年的历史长河中才刚刚起步，从年龄上讲是年轻的。但作为一种新的诗歌形式，百年中国新诗既继承了古典诗歌的传统，又延续了五四以来新诗发展的脉流，同时借鉴了近现代西方诗歌的创作手法，从而在思想性与丰富性、多样性方面产生了许多优秀的诗人与新诗作品。当我们探究这些诗人和作品时，会发现在一行行诗句中显现出一张张青春的脸庞。

诗歌总与青春相伴。新诗从五四运动开启，其登场的方式就充满了青春活力。在其百年的发展历程之中，新诗也始终以特有的理想和激情拥抱青春。新中国成立后，特别是改革开放以来，一代代青年以青春的喷薄之势书写了中国新诗的传奇。如果在百年中国新诗发展道路上寻找一个属于青春的诗歌身影，我想可能非"青春诗会"莫属了。

"青春诗会"是中国作家协会《诗刊》社精心打造的经典品牌，

自1980年创办至今已举办了36届，走过了40年。从1980年第一届推出舒婷、顾城、梁小斌、叶延滨、王小妮等青年诗人后，一代又一代青年诗人从这里走出来，"青春诗会"被誉为中国诗坛"杰出诗人的摇篮"。

每一届诗会，《诗刊》社都会在全国范围内寻找十几位创作实力突出、发展潜力大的青年诗人，集中在一起进行研讨改稿，其中会邀请诗坛前辈与大家广泛交流创作心得，助力青年诗人的成长。

如今，经过40年的时光淘洗，"青春诗会"成为中国诗歌界影响力最大的诗歌品牌活动之一，具有标志性的意义。国内外很多诗歌研究者都将"青春诗会"作为了解探究中国诗歌潮流变化的一个重要窗口，这也充分证明了"青春诗会"连续举办40年的价值和作用。

40年正好是一个人由稚嫩走向成熟的时间。在这40年里，中国大地发生了翻天覆地的变化，一代代青年诗人在巨变中国的现实中完成了自身的心灵塑造，以诗歌的方式呈现出来。可以说，"青春诗会"40个年头，成就了一部中国诗人的精神成长史和诗歌发展史。自1980年始办至2020年，共有526位诗人从这里走出，肩负起承前启后、发扬光大中国诗歌的责任。四十年弹指一挥间，"青春诗会"许多优秀的诗人成为中国诗坛的中坚力量。

青春是没有点燃的火把，而"青春诗会"是一个点火器，很多人在诗会后找到了自己的诗歌支点，步入全新的写作阶段。40年的时光，"青春诗会"与会诗人虽生活轨迹不同，但谈起"青春诗会"都一样的热血沸腾。

我本人曾参加第六届"青春诗会"，是其中的一员，与我一起参加这届"青春诗会"的有于坚、翟永明、韩东、宋琳、车前子、潞潞等十余位诗人。在那个青春激越的年代，我们从四面八方汇聚到"青春诗会"的旗帜下，带着各自的人生理想和对人类和世界的思考相聚在一起。尽管彼此的诗歌观念与生命体验各不相同，但丝毫不影响我们成为无话不谈的朋友。我们一起参观云冈石窟，一起煮酒论诗，思维在碰撞，情感在凝聚，有时因诗句争得面红耳赤，相互的手却握得紧紧。"青春诗会"虽只短短几天，但已成为所有参加者共同珍惜的甜蜜记忆。

作为一名参与者和见证者，我想对"青春诗会"的组织者和参加者谈谈我的看法。

首先对于组织者而言，《诗刊》社要加大组织策划力度，进一步办好"青春诗会"，推出更多有影响力的青年诗人。文化是一个国家、一个民族的灵魂。文化兴国运兴，文化强民族强。我们要站在坚定文化自信、担当文化使命的高度，加大力度推动"青春诗会"的举办。通过精心组织、策划，从全国遴选出最具创作潜力的青年诗人，引导他们关注时代发展变化，介入诗歌创作现场，抵达时代的精神深处，推出更多经得起时间考验的诗歌新人和诗歌精品。

其次，对于青年诗人而言，我们国家正在开启新的伟大征程，作为诗人，我们要站得更高，以宏阔的视野来看待当下的时代状况，正确认识我们所处的历史方位。尽管诗歌写作是融入个体生命经验的写作，但诗人绝不是孤立的存在。作品能不能反映这个伟大的时代，真正和时代发生深刻联系，这是对写作者的考验。当前正是我们加强文化自信的时候，要传承好优秀的传统文化，同时面对当下的时代语境进行新的创造。诗人应该有表达和处理当下现实的能力，应该弘扬现实主义精神，描写呈现出当下生活的复杂性和多样性，忠实遵照内心的经验和感受，建构自我和时代的关系。青年诗人要尽量避免碎片化的写作，以入世之心扩展自己的笔触，表达上要激活传统与现代的双重构建，以工匠精神进入时代内心。在情感上，青年诗人要追求一种人类的普遍价值，只有写出普遍性，才能找到更广泛的共鸣。

40年，"青春诗会"由一株幼苗长成一棵大树；40年，青春的力量不断传递，连续36届的举办推出并形成了中国诗歌的"青春家园"；40年，青年诗人们积极地拥抱时代、抒写时代，记录和见证了人民群众创造美好新生活的生动实践；40年，一代代青年诗人为中国文学的繁荣发展做出了重要贡献。

时光可以老去，诗歌永远年轻！

2021年2月18日

序二

"青春诗会"四十年

中国作家协会《诗刊》社主编 李少君

年轻的时候,迷恋这么一个说法:诗人,就是过着一种诗意生活方式的人,转化为文字,就是诗。按这个定义,凡是比较理想主义的、浪漫的、有情趣的人,都是诗人。这其实也符合中国古代对诗人的一种理解:人诗合一,人诗一体。诗人生活方式在前,诗在后。虽然现在看起来,这个更像现代行为艺术的思维方式,不重文本重行为。但如果仔细考察中国新诗史,这个定义不无道理,比起文本,更多的诗人是以其个性、独特性彪炳史册的。郭沫若的狂飙突进,徐志摩的深情悱恻,冰心的爱与纯真,乃至胡风的激情冲动,他们的人生,比起诗歌文本本身更有吸引力,更像一个传奇。人,始终是诗歌的主题和中心,人活得精彩,诗歌也会因此增添光彩。

这也就能理解,为什么在当代中国,"青春诗会"这样明显注重新锐、激情和创新期待的活动,越来越被神化夸大,以致似乎没有参加过"青春诗会"就难以言诗,或者内心有一种欠缺感,总觉得不完美,那是因为,青春本身就是诗意的,就是美的,就是诗的。青春为诗歌加持,诗歌因青春焕发异彩,散发魅力。

"青春诗会"四十年，当然留下了不少诗人、文本，还留下了众多传说、故事和小道消息乃至八卦，"青春诗会"本身成为一个事件乃至诗歌场域，每年"青春诗会"的举办，都具有一种神秘性和狂欢性，引发窃窃私语、猜测议论、想象和神往，参加"青春诗会"的每年只有十几个青年诗人和五六位指导老师，但参与"青春诗会"的人成千上万，他们以私密信息、暗暗兴奋、欣赏赞叹或者交头接耳、愤愤不平乃至谣言攻讦参与"青春诗会"，"青春诗会"本身仿佛一个大型行为艺术，引发广泛关注和场外围观，引发舆论喧哗和诗歌史探秘。

四十年来，"青春诗会"仿佛第一缕春风，已生长出诗歌的锦绣花园，"青春诗会"仿佛第一缕晨曦，已铺就为诗歌的满天彩霞。"青春诗会"如此持续不断地引发话题，当然是因为四十年来，青春永远绽放，诗歌永远年轻，探索永不停步，创新得到了肯定和鼓励，甚至被膜拜，当然，这一点有时候也需要警惕，就像有人戏称的：中国当代诗歌创新的焦虑一度像被疯狗一样追得气喘吁吁，如此下去会被累垮累倒乃至累死，所谓"过犹不及"也。诚哉斯言！但也不容否认，百年新诗的活力和创造力也因此得以持续，诗歌之源泉汩汩流淌，绵绵不绝。

关于"青春诗会"本身，已有大量文字、图像，也有不少诗歌传奇或流言蜚语，不用我们说太多。作为当事者，我相信无论当初还是现在，我们的初衷都很简单，那就是认真踏实地关注诗歌新生力量、推动当代诗歌良性发展。我们置身于时代诗歌进程之中，当然各有怀抱，但对于我们这些负有责任也具有使命感的人来说，更多的是一种理想主义的冲动，与复兴中国诗歌辉煌的雄心。因此，"青春诗会"就是我们的梦想、方向和未来。

感谢所有为这本书做过贡献的人们,首先是《诗刊》历任主编和编辑们以及历届指导老师们,你们四十年来的努力现在结集出版了,一定会载入史册。这套书出版的直接推动者王晓笛兄,他的父亲王燕生先生在《诗刊》工作期间,极力推动"青春诗会"的工作,赢得了众多青年诗人的敬仰。现在王晓笛兄继承父亲事业,促成"特刊"的编辑出版,值得特别致敬。同时感谢四十年来支持过"青春诗会"举办的各个地方政府,因为你们,"青春诗会"至今在中国大地上流传、持续和放耀光芒,如星星之火,已经燎原!

目录

序一　永不落幕的"青春" / 吉狄马加 ……………1
序二　"青春诗会"四十年 / 李少君 ……………5

第一届

中国，我的钥匙丢了 / 梁小斌 ………………4
风玫瑰 / 张学梦 ………………………………8
铁丝上，搭着两条毛巾 / 叶延滨 ……………14
致橡树 / 舒婷 …………………………………18
绿浪新舞 / 才树莲 ……………………………22
我是青年 / 杨牧 ………………………………26
棋 / 徐晓鹤 ……………………………………32
日子是什么 / 梅绍静 …………………………34
顶礼，博格达（节选）/ 徐敬亚 ……………38
柳哨 / 徐国静 …………………………………42
我感到了阳光 / 王小妮 ………………………46
我的歌 / 孙武军 ………………………………50
青春的聚会
——《诗刊》社举办的"青年诗作者创作学习会"
侧记 / 王燕生 …………………………………55

第二届

牛　背 /刘犁 ································66

真　想 /新土 ································72

我奔跑 /周志友 ·····························74

瓶中船 /筱敏 ································78

签到 /陈放 ···································82

小时候，我拾过鸥蛋 /王自亮 ·······88

紫色的海星星 /许德民 ··················92

九朵在京城开放的"诗花"
——第二届"青春诗会"（时称"青年诗作者改稿会"）侧记 /王燕生 ···············97

第三届

蓝水兵 /李钢 ······························102

钓台夜泊 /柯平 ···························106

黎明印象 /龙郁 ···························110

古村落遗址 /薛卫民 ····················114

野长城 /王家新 ···························120

她，放飞神奇的鸽群 /张建华 ······122

小憩，我拉起二胡 /雷恩奇 ··········126

还原 /牛波 ··································132

新叶，在初夏歌唱
——1983年"青春诗会"读后 /李小雨 ········134

第四届

日暮 /马丽华 ……………………………… 146
风吹皱了时间 /田家鹏 …………………… 150
又见远山 /余以建 ………………………… 154
在这片土地上 /金克义 …………………… 158
石榴妈 /张丽萍 …………………………… 162
齐　国 /胡学武 …………………………… 168
近视者 /张敦孟 …………………………… 172
羊鸣随笔 /流沙河 ………………………… 175

第五届

高原上的向日葵 /张烨 …………………… 186
思念，是一只风筝 /王汝梅 ……………… 190
我就是瀑布 /唐亚平 ……………………… 194
今天，依然是一天 /陈绍陟 ……………… 200
大西北 /杨争光 …………………………… 204
黄果树大瀑布 /何香久 …………………… 210
赛季 /王建渐 ……………………………… 212
旅人 /何铁生 ……………………………… 216
一个人要好好地走 /胡鸿 ………………… 220
怀念（节选） /华姿 ……………………… 224
鸽群，在八月的高原上起飞
——记1985年"青春诗会" /宗鄂 ……… 226

3

青春诗会

第一届

1980

第一届（1980年）

时间：
1980年7月20日~8月21日

地点：
北京—北戴河

指导老师：
柯　岩、邵燕祥、王燕生

参会学员（17人）：
梁小斌、张学梦、叶延滨、舒　婷、才树莲、江　河、杨　牧、徐晓鹤、梅绍静、高伐林、徐敬亚、陈所巨、顾　城、徐国静、王小妮、孙武军、常　荣

第一届"青春诗会"艾青讲课后合影。前排左起：寇宗鄂、韩作荣、徐敬亚、叶延滨、孙武军、张学梦、高伐林、陈所巨、徐晓鹤；中排左起：蔡其矫、吴家瑾、高瑛、严辰、艾青、邹荻帆、邵燕祥、梅绍静、徐国静、才树莲；后排左起：刘湛秋、雷霆、朱先树、梁小斌、顾城、江河、杨金亭、杨牧、常荣、舒婷、王小妮

诗人档案 梁小斌(1954~),安徽合肥人,朦胧诗代表诗人。1972年开始诗歌创作,他的诗《中国,我的钥匙丢了》《雪白的墙》被列为新时期朦胧诗代表诗作。1980年参加了《诗刊》社第一届"青春诗会"。诗作《雪白的墙》获中国作家协会1979~1980首届全国中青年诗人优秀新诗奖。1991年加入中国作家协会。2005年中央电视台新年新诗会上,梁小斌被评为"年度推荐诗人"。

中国,我的钥匙丢了

梁小斌

中国,我的钥匙丢了。

那是十多年前,
我沿着红色大街疯狂地奔跑,
我跑到了郊外的荒野上欢叫,
后来,
我的钥匙丢了。

心灵,苦难的心灵
不愿再流浪了,
我想回家
打开抽屉、翻一翻我儿童时代的画片,
还看一看那夹在书页里的
翠绿的三叶草。

而且，
我还想打开书橱，
取出一本《海涅歌谣》，
我要去约会，
我要向她举起这本书，
作为我向蓝天发出的
爱情的信号。

这一切，
这美好的一切都无法办到，
中国，我的钥匙丢了。

天，又开始下雨，
我的钥匙啊，
你躺在哪里？
我想风雨腐蚀了你，
你已经锈迹斑斑了；
不，我不那样认为，

我要顽强地寻找,
希望能把你重新找到。

太阳啊,
你看见了我的钥匙了吗?
愿你的光芒
为它热烈地照耀。

我在这广大的田野上行走,
我沿着心灵的足迹在寻找,
那一切丢失了的,
我都在认真地思考。

中国，我的钥匙丢了

梁小斌

中国，我的钥匙丢了。

那是十多年前，
我沿着红色大街疯狂地
奔跑，
我跑到郊外的荒野
欢叫，
后来，
我的钥匙丢了。

心灵，苦难的心灵
不愿再流浪了，
我想回家
打开抽屉。

我的钥匙啊
你躺在哪里。
我想风雨腐蚀了你
你已经锈迹斑斑了，
不，我不那样认为。

我要顽强地寻找，
希望能把你重新找到。

太阳啊
你看见了我的钥匙了吗
愿你的光芒
为它热烈地照耀。

我在这广大的世界上行走，
我沿着心灵的足迹在寻找，
那一切丢失了的
我都在认真地思考。

诗人档案

张学梦（1940~　），河北丰润人。1979年开始发表作品。1980年参加《诗刊》社第一届"青春诗会"。1982年加入中国作家协会。著有诗集《现代化和我们自己》、《爱的格言》(合作)、《爱情箴言》(合作)、《人生妙言》(合作)等。长诗《现代化和我们自己》获中国作家协会1979~1980年全国中青年诗人优秀新诗奖、中国作家协会全国1983~1984年优秀新诗(集)奖，作品《祖国振兴的时刻》《胚芽骚动的城市》分别获1982年、1987年河北省文艺振兴奖。

风玫瑰
——感受存在

张学梦

当夜幕降落　当霍金的轮椅飘向天河
我也禁不住去造访　遥远的星座
时空真的弯弯曲曲　虚粒子真的聚散莫测
一群群鲜亮的黑洞　毒水母般悄然擦过
我在宇宙边缘登上　暗物质堆起的悬崖
发现另一些宇宙在另处　另一番景色

逶迤的强子对撞机　很像伊甸园那条蛇
我们的老朋友　又爬出来教唆
这次　它打开时间隧道的门扉
要我们再偷智慧树上的苹果
已经不关那甜蜜的原罪　却关涉另一种冒犯
这次它领我们偷窥　宇宙分娩的时刻……

地球仿佛我的血球

如今她的每粒原子、分子都连着我的魂魄

我巡回各地　参加每一个世界日、国际节

与熟悉家园的人们一起吟哦和思索

我分分秒秒盯着红移和天空漂移的大地

为她或然的命运迹象　时而庆幸、时而忐忑

虚度着繁衍着消费着创造着梦想着

人类浑浊的活力又遇凌汛的阻扼

我们似乎正经历新一轮炼狱

我们似乎已找到救赎的符咒　切中跃迁的脉搏

我们建造乐园　也打造方舟

我们被乐观主义照耀

我们被悲观主义肥沃

面对神龛时　我惊讶地发现了自己

看到一个人个体独立的灵魂经络血肉骨骼

我收到了划时代的礼物

也触电般感受到惶悚、困惑

我必须伸展双臂　追逐太阳

我必须接过一个人　生命史书写的权责

精神边界　一再颠覆性开拓

为思想的自由飞翔　提供了辽阔
我们匆匆杜撰新话语
催生着新世界的新花朵……
我对这无边无际的空虚欣喜若狂
我高兴我卷入了这真空能量形成的
新意识的漩涡

祛魅的世界开始还魅
一种没有形式的客观力量把我统摄
如此精美、如此玄奥　如此的安置和恩宠
怎能排除终极神圣的用心和工作
我不知道它在哪里　但知道它一定在那里
仁慈的关照着我们　宽容的佑护我

没必要太在意　宇宙的膨胀或塌缩
也许当时空终结　我们已搬进另一个宇宙的房舍
我们感受的存在风景　存在真义
怎能抽离　我们的通俗人生　当下生活
就在清晨　多情的南风撩拨多情的炊烟
就在傍晚　我们沉溺其中的市井喧嚣
万家灯火……

风玫瑰
　　——感受存在
　　　　　　　张学梦

当夜幕降落　当鎏金的晚椅飘向天河
我也禁不住去造访　遥远的星座
时空身的离骚曲　笙粒子真的聚散莫测
一群群鲜亮的黑洞　毒水母般悄然擦过
我在宇宙边缘登上　暗物质堆起的悬崖
发现另一些宇宙在另处　另一番景色

邂逅的强子对撞机很像伊甸园那条蛇
我们的老朋友　又在蛊惑唆
这次　它打开时间隧道的门扉
要我们再偷一颗智慧树上的苹果
已经不关那甜蜜的原罪　却关涉另一群冒犯
这次它额外的偷窥　宇宙今晚的时刻……

地球仿佛我的血球
如今　她的每粒原子分子都连着我的魂魄
我巡回各地　参加每一个世界的国际节
与翱翥家园的人们一起吟哦和思索
我分分秒秒盯看红尘和天空漂移的大地
为她或然的命运而歌　时而庆幸 时而忐忑。

栖居着 繁衍着 消费着 创造着 梦想着
人类泛滥的活力又遭遇到的阻抑
我们似乎正经历新一轮炼狱
我们似乎已感觉到 黎明的曙光 切中肯綮的脉搏
我们建造家园 也打造方舟
我们被乐观 致 照耀
我们被悲观 致 腐沃

当对神宽时 我惊讶地俯视了自己
看到一个个体独立的灵魂经络 血肉骨胳
分泌到了刻骨的孤独
也难忍忍般感受到慎悚 困惑
我必须伸展披膂 追迎太阳
我必须拒过一个人 踌躇史事写的职责

精神世界 一再颠覆煋开拓
为思想的自由飞翔 逆袭了逻辑
我们纷纷杜撰新话语
催生着新季节的新花朵……
我时或无力无奈不的空虚欷着装砺
我高兴我卷入了这真空能量形成的新意识的旋涡

12

在祛魅的世界开始还魅
一种没有形式的景观力量绝地统摄
如此精美如此玄奥　如此的曼妙圆觉
怎能排除终极神圣的用心和工作
我不知道它在哪里　但知道它一定在哪里
仁慈的关照着我们　觉察的佑护我

没人必要太在意　幸福的胧乡胧或惆怅
也许多快经终结　我们已搬进另一个宇宙的房舍
我们感受的存在风景　存成真义
怎能抽离　我们的通途　人生　当下结
就在清晨　多情的厨风携我　多情的炊烟
就在傍晚　你们混溶其中的市井烜赫　万家灯火……

诗人档案

叶延滨(1948~ ），当代作家、诗人，现任中国作家协会诗歌委员会主任。1980年参加《诗刊》社第一届"青春诗会"。迄今已出版个人文学专著五十余部，作品自1980年以来先后被收入了国内外500余种选集以及大学、中学课本。部分作品被译为英、法、俄、意、德、日、韩、罗马尼亚、波兰、马其顿文字。代表诗作《干妈》获中国作家协会全国中青年诗人优秀诗歌奖（1979~1980年），诗集《二重奏》获中国作家协会第三届优秀新诗（集）奖（1985~1986年）。诗歌、散文、杂文分别先后获四川文学奖、十月文学奖、青年文学奖等五十余种文学奖。

铁丝上，搭着两条毛巾
——《干妈》节选之三

叶延滨

带着刺鼻的烟锅味，
带着呛人的汗腥味，

带着从饲养室沾上的羊臊味，
还有从老汉脖子上擦下来的
黄土汗碱粪末草灰……

没几天，我雪白的洗脸巾变成褐色，
大叔他也使唤我的毛巾。

我不声不响地从小箱子里，
又拿出一条毛巾搭在铁丝上，
两条毛巾像两个人——

一个苍老,
一个年轻。

但傍晚,在这条铁丝上,
只剩下一条搓得净净的毛巾。

干妈,当着我的面,
把新毛巾又塞到我的小箱里:
"娃娃别嫌弃你大叔,
他这个一辈子粪土里滚的受苦人,
心,还净……"

啊,我不敢看干妈的眼睛,
怕在这镜子里照出一个并不干净的灵魂!

铁丝上，搭着的条毛巾
——《手妈》题之三

常煮到鼻子闻锅啥，
常看饱人的汗腰里，

常看从铜壶嘴沾上的羊膻味，
还有从巨汉脸上擦下来的
菜汁、汗碱黑末、草末……

没几天，我爸从的说他中变成猫道，
大叔他也使唤我的毛巾。

我不舍不用他的小箱子里，
又拿出一条毛巾搭在铁丝上，
两条毛巾像两个人——
一个当兵，
一个牙能。

但傍晚，在这条铁丝上。

16

只剩下一掬纯净的泪水。

娘,当着我的面,
把新毛巾又塞到我的小箱里:
"崽呀别嫌新娘俗气,
她这个从黄土里滚出的乡下人,
心,干净……"

唉,我不敢看娘的眼睛,
怕从这镜子里踱出一声无比干净的叹息!

叶延滨

2000年7月13日于北京

中国作协诗歌委员会

诗人档案 舒婷(1952~)，原名龚佩瑜，福建厦门人。当代著名女诗人，朦胧诗派的代表人物之一。1979年开始发表作品。1980年参加《诗刊》社第一届"青春诗会"。1983年加入中国作家协会。著有诗集《双桅船》《会唱歌的鸢尾花》《始祖鸟》《舒婷的诗》，散文集《心烟》《秋天的情绪》《硬骨凌霄》《真水无香》《露珠里的"诗想"》，《舒婷文集》(三卷)等。诗歌《祖国啊，我亲爱的祖国》获中国作家协会全国中青年诗人优秀新诗奖(1979~1980)，诗集《双桅船》获中国作家协会首届优秀新诗(集)奖(1979~1980)。

致橡树

舒　婷

我如果爱你——
绝不像攀援的凌霄花，
借你的高枝炫耀自己：
我如果爱你——
绝不学痴情的鸟儿，
为绿荫重复单调的歌曲；
也不止像泉源，
常年送来清凉的慰藉；
也不止像险峰，增加你的高度，衬托你的威仪。
甚至日光。
甚至春雨。

不，这些都还不够！
我必须是你近旁的一株木棉，

作为树的形象和你站在一起。
根,紧握在地下,
叶,相触在云里。
每一阵风过,
我们都互相致意,
但没有人
听懂我们的言语。
你有你的铜枝铁干,
像刀,像剑,
也像戟,
我有我的红硕花朵,
像沉重的叹息,
又像英勇的火炬,

我们分担寒潮、风雷、霹雳;
我们共享雾霭、流岚、虹霓,
仿佛永远分离,
却又终身相依,

这才是伟大的爱情,
坚贞就在这里:
爱——
不仅爱你伟岸的身躯,
也爱你坚持的位置,足下的土地。

我们分担寒潮、风雷、霹雳；
我们共享雾霭、流岚、虹霓，
仿佛永远分离，
却又终身相依。
这才是伟大的爱情，
坚贞就在这里：
爱——
不仅爱你伟岸的身躯，
也爱你坚持的位置，脚下的土地

——节录旧作《致橡树》

舒婷
二零一一处暑

诗人档案 才树莲(1960~　)，女，辽宁义县人。青年时创作颇丰，1979年10月处女作组诗《我说真话》在《鸭绿江》杂志发表。1980年参加《诗刊》社第一届"青春诗会"。主要作品《收割回来》《山乡风情》《绿浪新舞》《赶集》等。诗作先后发表在《人民日报》《诗刊》《人民文学》《鸭绿江》等报刊上。

绿浪新舞

才树莲

从天边铺来的新绿，
掩住了山村的住屋；
从屋里走出的姑娘，
笑脸在绿浪中起伏。

一队一队，一伍一伍，
前浪把后浪甩脱；
一伍一伍，一队一队，
后浪把前浪追扑！

太可惜了，看不见
整齐轻盈的舞步，
棉花秧子——这舞伴啊，
挡住了她们丰满的胸脯！

左塅，双指在棉花尖上一掐，
右塅，棉花秧一摇表示满足；
一片新绿呀，几朵粉红花朵，
开得那么显眼，那么丰富！

要是这首诗被姐妹们看见，
定要满地里把我追扑：
"你还写诗呢，这么累的活，
谁回家不得捶捶腿，揉揉筋骨！"

那就对了，把我揉成泥，
我也愿意答复：
没有累，
哪有这样美的新舞。

绿浪新舞
才科莲

从天边铺来的新绿,
掩住了山村的房屋;
从屋里走出的姑娘,
笑脸在绿浪中起伏。

一队一队,一伍一伍,
前浪把后浪甩脱;
一伍一伍,一队一队,
后浪把前浪追扑!

太可惜了,看不见
整齐轻盈的舞步,
棉花秧子一这舞伴呀,
挡住了她们丰满的胸脯!

左拢,双掐在棉花夹上一掐,
右拢,棉花秧一摆表示满足;
一片新绿呀,几朵粉红花朵,
开得那么显眼,那么丰富!

要是这首诗被姐妹们看见，
定要满地里把我追扑：
"你还写诗呢，这么累的活，
谁回家不得捶捶腿，揉揉筋骨！"

那就对了，把我揉成泥，
我也愿意答复：
没有累，
哪有这样美的新舞。

诗人档案

杨牧（1944~　），四川渠县人。1958年开始发表作品。1980年参加《诗刊》社第一届"青春诗会"。1982年加入中国作家协会。著有诗集《野玫瑰》《雄风》《边魂》，长篇自叙传《天狼星下》，诗文总集《杨牧文集》等二十余部。诗作《我是青年》获中国作家协会全国1979~1980中青年诗人优秀新诗奖，诗集《复活的海》获全国第二届优秀新诗(集)奖，《天狼星下》获全国广播文艺政府奖，文字主创电视片《西部畅想曲》获全国首届电视文艺星光奖一等奖、全国第二届少数民族题材电视艺术骏马奖最佳奖。

我是青年

杨　牧

人们还叫我青年……
哈……我是青年！

我年轻啊，我的上帝！
感谢你给了我一个不出钢的熔炉，
把我的青春密封、冶炼；
感谢你给了我一个冰箱，
把我的灵魂冷藏、保管；
感谢你给了我烧山的灰烬，
把我的胚芽埋在深涧！
感谢你给了我理不清的蚕丝，
让我在岁月的河边作茧。
所以我年轻——当我的诗句
出现在人们面前的时候，

竟像哈萨克牧民的羊皮口袋里
发酵的酸奶子一样新鲜!

……哈,我是青年!

我年轻啊,我的胡大!
就像我无数年轻的同伴——
青春曾在沙漠里丢失,
只有叮咚的驼铃为我催眠;
青春曾在烈日下暴晒,
只留下一个难以辨清滋味的杏干。
荒芜的秃额,也许是早被弃置的土丘,
弧形的皱纹,也许是随手画出的抛物线。
所以我年轻——当我们回到
春天的时候,
你看看我,我看看你,
哈……我们都有了一代人的特点!

我,以青年的身份
参加过无数青年的会议,
老实说,我不怀疑我青年的条件。
三十六岁,减去"十",
正好……不,团龄才超过仅仅一年!
《呐喊》的作者
那时还比我们大呢;
比起那些长征途中

永远不衰老的年轻战士,
我们还不过是"儿童团"!
……哈,我是青年!

嘲讽吗?那就嘲讽自己吧,
苦味的辛辣——带着咸。
祖国啊!
是您应该为您这样的儿女痛楚,
还是您的这样的儿女,
应该为您感到辛酸?

我,常常望着天真的儿童,
素不相识,我也抚抚红润的小脸。
他们陌生地瞅着我,歪着头。
像一群小鸟打量着一个恐龙蛋。
他们走了,走远了,
也许正走向青春吧,
我却只有心灵的脚步微微发颤……
……不!我得去转告我的祖国:
世上最为珍贵的东西,
莫过于青春的自主权!

我爱,我想,但不嫉妒。
我哭,我笑,但不抱怨。

我羞，我愧，但不自弃。
我怒，我恨，但不悲叹。
既然这个特殊的时代
酿成了青年特殊的概念，
我就要对着蓝天说：我是——青年！

我是青年——
我的血管永远不会被泥沙堵塞；
我是青年——
我的瞳仁永远不会拉上雾幔。
我的秃额，正是一片初春的原野，
我的皱纹，正是一条大江的开端。
我不是醉汉，我不愿在白日说梦；
我不是老妇，絮絮叨叨地叹息华年；
我不是猢狲，我不会再被敲锣者戏耍；
我不是海龟，昏昏噩噩而益寿延年。
我是鹰——云中有志！
我是马——背上有鞍！
我有骨——骨中有钙！
我有汗——汗中有盐！
祖国啊！
既然你因残缺太多
把我们划入了青年的梯队，
我们就有青年和中年——双重的肩！

我是青年 杨牧

作者自我剖白：生于一九四〇年。美名曰：属胡狲。因人名沙陀，劳狲已列有这副皮并两道疤纹，因脸血热，故颈已充去妨害者的尖锐。

请让我年轻——当我的诗句
出现在人们面前的时候——
竟像哈萨克牧民的牛皮口袋里
发酵的酸奶了一样新鲜。

哈……我们都有了每一代人的特点。

我年轻啊，我的诗句
哈……我是青年！

人们还叫我青年……

我年轻啊，我的上席！
感谢你给了我一个不生锈的熔炉
把我的青春密封冶炼。
感谢你给了我一个冰箱
把我的灵魂冷藏、保管。
感谢你给了我一座山的灰烬
把你你给了我理埋在深涧，
让我在岁月的河边作苦。

春天的时候，
你看看我，我看看你，
哈……我是青年！

我，以青年的身份
参加过无数青年的会议，
老实说，我不够我青年的条件，
三十六岁，我去“十！"
已好……不，国龄才起过仅之一年！
《呐喊》的作者
那时他还此我们长大呢，
比起那些长征途中
永远不衰老的年轻战士，
我们还不过是"儿童团"
……哈，我是青年！

我年轻啊，我的胡大！
说像我无数年轻的同伴，
青春将在沙漠里丢失。
只有叮咛的骆铃为我谁眠，
青春曾走到另一个醒醒——
荒野——一个难以辨清滋味的名字，
荒无的荒凉，也许是平被拂弃的岁丘，
也许是随手画出的地肠线，
所以让我年轻——当我们回到

致青春——「青春诗会」40年 第一卷·第一届至第五届

跨过平青春的自主权！

我爱，我想，但不娇奢
我哭，我笑，但不掩饰
我怨，我恼，但不悲叹
我说受对着蓝天说：我是——青年！
既然这个特殊的时代
赋予了青年特殊的概念

我是青年——
我的血管永远涂不敢说沙塘塞；
我是青年——
我的瞳仁永远不会挂上寥度
我田鼓纹，宁望一片行军的原野
世上最为珍贵的东西

……
不，我将去转告我的祖国
他们心灵的脚步敢发发额
他们去了，去远了，
像一群小鸟扑星着不愿飞去
他们陌生地瞰着我，香着头，
表示不相识，我也抚着红潮的小脸——
我，常常注着天真的儿童，
唐诚为您感到年轻

祖国呵！
是您老诚为您这样的儿女痛楚，
还是您的这样的儿女
苦味的年味——浮着成，
朝讽啊？那沈狠讽自心吧，

我不是醉汉，我不愿在白日说梦，
我不是老知，急<一切以扰叹华年；
我不是海鸟，窑<远<而益寿延年
我不是朔獐，急<一切敝敢碍音或哀。

我是青——二十有期；
我是马——胸上有鞍；
我有骨——骨中有钙；
我有汗——汗中有盐；
祖国呵！
既然您因残缺太多
把我们凋入了青年的梯队
我们说有青年和中年——双重的肩！

一九八〇年10月6日 羊于北忠虎坊桥
抄于成都碧云天
时七八步

诗人档案 徐晓鹤（1956~ ），诗人、小说家、历史学家。出生于湖南长沙。1978年考入湖南湘江师范学校（今长沙学院）物理系。1977年开始发表诗作，1980年参加《诗刊》社第一届"青春诗会"。出版过诗集《后花园里的脸》。1984年开始在《人民文学》《收获》等刊物发表中短篇小说，代表作为《院长和他的疯子们》《水灵的日子》等。现居北京、成都。

棋

徐晓鹤

和平年代的战争，
战争岁月的休息。

在一张如网的棋盘里，
突然溢出来一股杀气。

车横冲直撞，马八面临敌……
炮打司令部，将帅被围逼……

就连那几只过河卒，
竟差点赢了一盘残局！

棋，多么像人，
人，如果像棋……

棋

和平年代的战争
战争岁月的休息

在一张如网的棋盘上
密密涌起一股杀气

车枪冲直撞，马蹄临阵
炮打司令部，将帅被围逼

就这那么几只过河卒
竟老是赢了一盘残局

棋，多么像人
人，如果像棋……

　　　　徐××　24岁时作　1980年
　　　　　　　64岁时抄　2020年

诗人档案

梅绍静（1948~ ），女，四川广安人。作家、诗人。1988年毕业于北京大学中文系。1969年赴延安地区宜川壶口公社插队务农。1972年开始发表作品。1980年参加《诗刊》社第一届"青春诗会"。1985年加入中国作家协会。著有诗集《兰岭子》《唢呐声声》《女娲的天空》《莫望落叶风天》，散文集《月露之台》《根》《内心的丘陵》等。作品《她就是那个梅》获中国作家协会全国第三届优秀新诗（集）奖，《唢呐声声》获1984年陕西省文联开拓奖。

日子是什么

梅绍静

日子是散落着泥土的小蒜和野葱儿
是一根根蘸着水搓好的麻绳

日子是四千个沉寂的黑夜
是驴驮上木桶中撞击的水声

日子是雨天吱吱响着的杨木门轴
忽明忽暗地转动我疲惫的梦境

日子是一个含在嘴里止渴的青杏儿
是山塬上烈日下背麦人的剪影

日子是那密密的像把伞似的树荫
正从我酸痛的胳膊上爬进地垄

日子是储存着清甜思绪的水罐儿
正倒出汗水和泪水来哽塞我的喉咙

日子为那些扎了羊肚子手巾、赤了脚
站在黄土地里的叶子歌唱……

这升起叹息又融化叹息的日子啊
已灌满碧绿的血汗汁浆!

日子是什么

日子是散落着泥土的蒜和野葱儿
是一根根蘸着水搓好的麻绳

日子是四个个沉寂的黑夜
是驴驮上木桶中撞出的水声

日子是雨天吱吱响着的榆木门轴
忽明忽暗地转动着疲惫的登场

日子是一个含在嘴里止渴的青杏儿
是山塬上烈日下背麦人的剪影

日子是盯睿盎的象把命似的树莛
乙从我酸痛的胳膊上爬进吹的囡垫

日子是储存着清甜思绪的水罐儿
乙倒出汗水和泪水来堵塞我的喉咙

山风才白玉米叶子歌唱

山风才白玉米叶子歌唱！

为那些扎了羊肚子手巾、赤了脚，
站在黄土地里的叶子歌唱……

啊，好似穿了黑衣裳的玉米叶子呀，
已灌满碧绿的血汁汁浆！

每一根叶脉都鼓鼓涨涨，
在黄土里闪烁翡翠的亮光。

这什么起叹息又融化叹息的叶子啊，
还会开花又会结实永无穷尽的繁滋！
　　　　　　　　　……

诗人档案

徐敬亚（1949~ ），诗人、评论家。1980年参加《诗刊》社第一届"青春诗会"。1982年毕业于吉林大学中文系。1985年迁居深圳。著有诗歌评论《崛起的诗群》《圭臬之死》《隐匿者之光》及散文随笔集《不原谅历史》等。曾主持"1986中国现代主义诗群大展"，并主编《中国现代主义诗群大观（1986~1988）》。

顶礼，博格达（节选）

徐敬亚

博格达，三座雪峰
如三头狮子
披着白雪，从深不可测的虚无中
轰隆隆升起
群山之巅，浮动起一片
高高在上的表情

第一次看见你，博格达
我说天啊，你竟能
沿着一条不存在的斜线
在那么高的天空上站稳脚
伸出无边的手
在苍茫的虚空中
画出一道牙齿的轮廓线

以终结者的名义
统一群山

无法企及的美人
博格达峰,你用海拔无声地
命令我仰起头
仰到极限
那角度,正是我内心
承接霞光普照时的姿态

引我向高者,为尊
牵我出离尘世者,为神

在乌鲁木齐,在阜康,在达坂城
你突然出现在城市上空
像一个悬浮的箴言,仿佛
不真实地横在云中
更像偶尔泄露的
天堂一角

顶礼，博格达（节选）

猴敌王

博格达，三座雪峰
如三头雄狮
披着白雪，从深不可测的虚无中
轰隆二升起
群山之巅，涌动起一片
高二左上的表情

第一次遇见你，博格达
我说天呵，你竟能
沿着一条不存在的斜线
在那么高的天空上踮起脚
伸出无边的手，在苍茫的空旷中
以传播者的名义
浇一群山

无法企及的美人
博格达峰，你用海拔无声地
命令我仰起头
仰到极限
那角度，正是我内心
承接霞光普照时的姿态

引我向高者，为尊
牵我走肯尘世者，为神

在乌鲁木齐，在阜康，在达坂城
你突然出现在城市上空
像一个悬浮的箴言，仿佛
不真实地 挂在空中
更像偶尔泄露的
天堂一角

长诗选我
2020年7月18日

诗人档案

徐国静（1957~ ），女，1980年参加《诗刊》社第一届"青春诗会"。1982年毕业于东北师范大学中文系。已出版著作、哲思系列：《男人与女人》《生与死》；女人系列：《女人的论语》《女人的季节》；教育系列：《谁是最好的老师》《当孩子遇到钱》等十八部专著。先后在国内外举办近千场个人讲座，演讲稿《中国人爱的哲学》被收入大学语文教程。现为中国孔子基金会文化大使，东方儒商文化院院长。

柳　哨

徐国静

嘟……嘟……嘟……
从村头，从溪边，从小巷
嘟……嘟……嘟
一声圆润，一声清脆，一声高亢
啊，柳哨，柳哨
在响，在唱……
房门开了
柳树下一片喧嚷
柔嫩的枝条轻轻摇动
不是风，是小手
一群孩子跑了
柳哨衔在嘴上……

嘟嘟……嘟嘟……

窗子开了
老奶奶手搭凉棚眺望
扯掉窗缝的纸条吧
来擦擦玻璃
扫扫蛛网……

嘟嘟……嘟嘟……
田里的小红马愣着
小伙子猛甩长鞭
一声脆响
犁耙加快了
他笑吟吟地追上……

嘟嘟……嘟嘟……
掠过溪水,穿过草丛,绕过山梁
嘟嘟……嘟嘟……
吹化了冰,吹醒了地,吹开了窗
孩子哪去了?
孩子睡了。
妈妈呢?
妈妈在灯下
——缝补着换季的衣裳……

柳哨

嘟……嘟……嘟……
从村头，从溪边，从小巷
嘟……嘟……嘟
一声圆润，一声清脆，一声高亢
啊！柳哨！柳哨
在响，在鸣……
房门开了，
柳树下一片喧嚷
柔嫩的枝条轻轻摇动
不是风，是小手
一群孩子跑了
柳哨 衔在嘴上……

嘟嘟……嘟嘟……
窗子开了
老奶奶手搭凉棚眺望
撕掉窗缝的纸条吧
来擦玻璃
拉之出菜网……

嘟嘟……嘟嘟……
田野河小红马唱着
小伙子猛甩长鞭梢
一声脆响
犁耙加快了
她笑吟吟地追上……

嘟嘟……嘟嘟……
掠过溪水，掠过草丛，绕过山梁
嘟嘟……嘟嘟……
吹绿了water，吹醒了地，吹香了苗
孩子哪去了？
孩子睡了。
妈呢？
妈在灯下
——缝补着换季的衣裳……

诗人档案

王小妮(1955~),女,1982年毕业于吉林大学。二十世纪八十年代移居深圳。曾做过电影文学编辑,作品除诗歌外,涉及小说、散文、随笔等。2001年受邀赴德国讲学,曾获美国安高诗歌奖。曾担任海南大学人文传播学院教授。出版有诗集《月光》《落在海里的雪》,随笔集《上课记》《上课记2》,小说《1966年》《方圆四十里》等三十余部。

我感到了阳光

王小妮

沿着长长的走廊
我走下去……

呵,迎面是刺眼的窗子
两面是反光的墙壁
阳光,我
我和阳光站在一起!

呵,阳光原来这样强烈
暖得人凝住了脚步
亮得人憋住了呼吸
全宇宙的光都在这里集聚

我不知道还有什么存在

只有我,靠着阳光
站了十秒钟
十秒,有时会长于
一个世纪的四分之一

终于我冲下楼梯
推开门
奔走在春天的阳光里

我感到了阳光

王小妮

沿着长长的走廊
我走下去……

呵,迎面是刺眼的窗子
两面全反光的墙壁
阳光,我
我和阳光站在一起

呵,阳光原来这样强烈。
暖得人湿润了眼睛
télj人屏住了呼吸
全宇宙的光都在这里集聚。

我不知道还有什么存在
只有我,靠着阳光
站了十秒钟
十秒,有时会长于
一个世纪的四分之一

终于 我冲下楼梯
推开门
奔走在春天的阳光里
　　　　　　　1980年4月 长春

诗人档案 孙武军（1957~   ），生于浙江定海，祖籍山东龙口。1980年参加《诗刊》社第一届"青春诗会"。被认为是"朦胧诗"代表性诗人之一。发表诗歌、散文、小说等数百首(篇)。出版有诗集《在这一天失恋》及散文集和传纪文学集等。作品载入华中师大等数所大学编写的中国当代文学教材。诗歌曾获浙江省优秀文学作品奖。主创的电视文学作品十四次获国家级政府奖。

我的歌

孙武军

我的歌
是和秋叶
联欢的纺织娘
是从夏日的傍晚
浓浓的叶子里
挤过去的一缕微风

我的歌
是冬天
坚冰底下
咬紧牙关的流水
是春天
骤然从嫩绿的草丛中
回到蓝天的云雀……

世界

不会因为没有我的歌

而失去生命

可我

没有这支歌

就会枯萎得没有一点颜色

我的歌

是昂起头颅

一次次扑打礁石

粉碎又愈合的海浪

是插着一支箭

也要带着最后一滴血

飞向温暖的大雁

生活

不会因为没有我的歌

而失去光彩

可我

没有这支歌

就会枯萎得没有一点颜色

我的歌

是那个把欢笑

勾在猴皮筋上的女孩的

扎着的蝴蝶结

是那个打着太极拳的老人
融化在晨曦的
长髯

我的歌
是母亲给孩子洗澡
撩起的水珠
是留在小伙子唇上
滚烫的气息

人们
不会因为没有我的歌
而感到绝望
可我
没有这支歌
就会枯萎得没有一点颜色

我的歌

孙武军

我的歌
是如秋叶
脉胳如清晰的
是以泉的缘晚
浓浓的叶子里
拥进去的一缕微风

我的歌
是冬天
坚冰底下
咬紧牙关的流水
是春天
朦胧从撒缘的草丛中
回到蓝天的云雀……

世界
不会因为没有我的歌
而失去生命
可我
没有这支歌
就会枯萎得没有一点颜色

我的歌
是昂起头颅
一次次扑打礁石
粉碎又聚合的海浪
是搭着一叶箭
也要带着我去一游的

飞向温暖的大雁

生活
不会因为没有我的歌
而失去光采
可我
没有这支歌
就会苦恼得没有一丝轻松

我的歌
是那个把欢笑
向在椰坟筒上的女孩似
扎着的蝴蝶结
是那个抹着热泪的恋人
融化在晨曦里

长鬓
细如丝
是母亲给孩子梳洗
捧起的水珠
是留在十伏了唐上
浑厚的气息

人们
不会因为没有我的歌
而感到绝望
可我
没有这支歌
就会苦恼得没有一丝轻松

1980年8月改于北京
《诗刊》1980.10

青春的聚会
——《诗刊》社举办的"青年诗作者创作学习会"侧记

王燕生

七月二十日到八月二十一日,诗刊社在北京举办了一期青年诗作者创作学习会。这是一次青春的聚会,诗的聚会。来自各地的十七位作者,大都是近两年加入诗歌队伍的新兵。他们就像十七条欢快的小溪突然汇流到了一起:友谊与诗情在一起澎湃,青春与理想在一起闪光。几乎不需介绍,一见如故,喊着叫着,热烈地攀谈起来。他们大多数是第一次见面,但早从同代人的作品中找到了知己,共同的志趣已把他们联系在一起。他们还扳着指头、点着名叨念那些没能参加这次聚会的写出不少好诗的青年朋友,希望他们今后也能得到同样的切磋琢磨的机会。

这次青年诗作者创作学习会,是在中国的诗歌穿越过一条狭长的胡同,走到广阔的现实主义道路上来的时候举行的。老一辈诗人在辛勤地耕耘,年轻的诗作者在奋力开拓,新时期的诗歌正欣欣向荣,展现了一派光明的前景。

十七个不同的容貌叠印在一起了,十七种不同的语调振动在一起了。如果把这由六名工人、一名社员、三名干部、七名大学生组成的小小的队伍推到一个大的历史背景之上,那么,我们看到的,是一个在创新和探索道路上前进的一代朝气蓬勃的新诗人的缩影。

第一届"青春诗会"男学员方阵。左起：张学梦、杨牧、陈所巨、叶延滨、江河、高伐林、徐敬亚、梁小斌、徐晓鹤、顾城、孙武军（王燕生摄）

左起：梅绍静、舒婷、常荣、王小妮、徐国静、才树莲（王燕生摄）

然而，分开来看，则各各具有鲜明的区别于他人的艺术个性。来自河北唐山市的六级铸造工张学梦是这次创作学习会的老大哥。自从去年五月，他以处女作《现代化和我们自己》引起注目以来，已写出了像《休息吧，形而上学》《致经济学家》《致讽刺诗人》等有一定影响的作品。他的生活道路并不平坦，但他热爱生活，热爱社会主义祖国，并以此作为他诗的主旋律。他敢于直视社会和人生，紧紧扣住我们时代的脉搏，敏锐地抓住刚刚从地平线上升起的事物，以饱满的政治热情和较独特的构思歌颂光明、科学和进步，批判黑暗、愚昧和僵化。与张学梦相近的，还有新疆的杨牧和三位大学生：武汉的高伐林，北京的叶延滨，吉林的徐敬亚。他们观察生活、表现生活的角度和方法各异，但他们要求自己与人民的心灵相通，他们都重视诗的社会功能，坚持走现实主义的创作道路。北京工人江河认为诗人要和人民走在一起，诗人应当有历史感；他以深沉凝重的诗作努力实践着自己的主张。福建厦门市女工舒婷，北京的顾城，他们的诗已引起文艺界的重视，一些报刊和会议已就他们的创作实践展开了讨论。这两位青年的经历和气质是不同的，但有一点一致：当他们刚刚学着观察人生的时候，便遇到了一场旷日持久的政治风暴。童年和少年时代的美好憧憬和梦幻被击碎了，破灭了。当他们找到诗这种形式来表现这场风暴和风暴平息后的情景时,便更多地希望寻回失去的天真、友谊、信任和温暖。安徽合肥市工人梁小斌也是在人与人之间的仇视和践踏中长大的。所以,他希望他的诗能"改善人性,向人们心灵进军"。在艺术上,他们更多地主张表现自我,他们程度不同地蔑视传统手法,强调的不是继承,而是"创新"。这三位年轻人就是带着这样的人生见解和艺术见解开始迈上创作道路的。再过若干年,也许他们会清楚地感到,真善美只能在生活中寻求和创造,人性、友谊、信任等等也绝不会是一些不附着于具体事物的抽象概念。生活已教会他们许多,还会教会他们许多。值得一提的,是这批新人中有三位主要是写农村题材的作者。从他们身上可以看到创作的领域是多么广阔,而在写相同的题材时,又可以多么不同地表现出独特的艺术风格。辽宁省的才树莲来自农村,今年二十岁。近两年前她开始学诗的时候,正当党的十一届三中全会的春风在祖国遍地吹拂,坚冰正在消融,农村处在新旧交替的变革之中。这位土生土长的农村姑娘,强烈地感到了新出现的阳光和残留的暗影。"我是农民的女儿,和爹妈一块种庄稼。写诗,我不能全部歌颂,我要说真话。"就这样,她唱出了《我说真话》《山乡风情》这样洋溢着乡土气息、时代气息的八亿农民的心声。吉林的女大学生王小妮两次到过农村,一次随父母下放,一次插队劳动,先后度过了七个难忘的冬春。她慢慢认识了农村,爱上了农村。她的诗,有对山乡的赞美,有对劳动的歌颂,同时,也有对城乡差别、知识分子和农民间存在的距离的揭示和思考。在长江边上长大的安徽省作者陈

1980年的徐敬亚与王小妮

所巨,一两年来,发表了近百首诗。他是农村哺养成长的大学毕业生。他的诗,清新细腻,《早晨,亮晶晶》便是他的代表作。他希望能表现出长期动乱以后的农村的宁静,反映农民的心灵美和自然美。浙江大学生孙武军诗中的激情与沉思,湖南理科大学生徐晓鹤多种题材和形式的探索,北京女工常荣着眼于时代而从细微处入手的表现方法,也都给人留下了印象。

同志们说,我们处在一个在思想上表现为思索,在行动上表现为变革的伟大时代。时代在前进,年轻的诗作者也要前进。诗刊社把他们请来,就是为他们创造一个交流经验,研究诗艺,听取前辈诗人辅导,加深对时代和对自己的认识的机会。

《诗刊》社请来了那么多的老师:老诗人艾青、臧克家、田间、贺敬之、张志民、李瑛和画家兼诗人的黄永玉都先后来看望大家,讲课、座谈。前辈们把几十年的宝贵经验无私地传授给新一代。中国作家协会副主席冯牧给大家做了报告。评论家顾骧介绍了当前文艺理论批评方面的动态。翻译家袁可嘉、高莽以大量的资料介绍了当代的外国诗歌。诗人蔡其矫为大家透彻地分析了一批外国著名诗人的代表作。

明明还是炎热的夏天,十七位青年诗作者却感到进入了收获季节。收获,收获!那么多沉甸甸的收成装满了他们心中的仓库:多少热烈的希望,多少精辟的见解,多少甘苦的结晶!青年们想了很多:冯牧同志为什么鼓励我们要立志做大诗人?是我们具备当大诗人的条件吗?不!只有和人民息息相通,才能热情地、准确地反映出他所处的时代,也才能成为大诗人。我们也许不能成为大诗人,但毕生要朝这个方面努力。贺敬之同志说

席地而坐,在天然空调中进入创作状态

得多么好啊,他肯定诗和诗人不能没有个性,诗不能说别人的话,没有个性,没有特点,就没有艺术,没有诗。他又说,诗看来是写主观的感受,但归根结底是客观通过主观的反映;如何反映客观世界,是区别大小诗人的界线。所以,一定要解决好主观世界与客观世界的关系,要代表时代的

在陶然亭公园,一张椅子大家坐。左起:叶延滨、孙武军、徐晓鹤、陈所巨、杨牧、张学梦、舒婷

先进力量、先进思想,来反映我们的时代。他提出"多写诗,多写好诗,多写人民需要的好诗"的要求,不正是对所有青年诗人的殷切期望吗?艾青同志关于突破,关于欧化与民族化,关于时代特点的论述,还有张志民、黄永玉同志关于学习上不要"忌口"、不要"吃偏食"的告诫,说得是何等重要又多么亲切啊!感谢你们,老师们,在今后很长的攀登途中,你们永远会给我们力量,永远和我们在一起。生动的讲课,使过去比较明确的东西,变得坚定了;过去仅仅感觉到的东西,逐渐上升到理性认识,还有一些不大理解的,留待今后去消化。不要认为年轻人都是毕恭毕敬的,他们对于老师有时也是爱挑剔的。这是他们的优点还是弱点呢?实践将作出回答。

　　会议室、宿舍、深夜的庭院、公园的花间,都听得到这十七位满怀强烈的求知愿望的年轻人的热烈讨论。既然是以诗会友,还有什么不能尽情地披露呢?哪怕自己的认识褊狭、浅薄,谈出来不是可以得到校正和充实吗?他们从个人经历、创作道路谈到祖国的昨天、今天和明天。由于祖国的苦难,他们的身心是留下过创伤的。痛定思痛,他们更加发愤,谁也不愿玷污"觉醒与思考的一代"这一特定历史时期为青年命名的称号。大家都是写诗的,写好诗,不

能不摆正自己的诗在人民中的位置，不能不找准诗在时代中的位置。如果我们的诗不在人民中，不在历史的进程中起到一定的作用，还要写诗干什么呢？他们较广泛地谈到了诗与政治，诗与人民，诗与生活，谈到了诗的时代精神，诗的社会功能，诗的继承、借鉴与创新，以及诗中的自我等这一类重要的问题。交谈和讨论是自由的。路过北京的诗人流沙河参加了他们的讨论，说这种畅所欲言的气氛，在他年轻的时候是完全不可能的，那时，发言不是引经据典，便是互扣帽子。现在这种权利来之不易。他的话从一个侧面勾勒出两个时代的不同，使青年们庆幸自己能生活在今天的环境之中。各种意见就这样汇聚着、交流着。每个人都在认真寻找共同点，采集不同点，吸取别人一切有益的见解。当然，遇到分歧的时候，谁也不甘沉默，连珠炮式地把自己的意见发出去，使讨论更加活跃。比较单纯的才树莲，第一次从大哥哥大姐姐那里听到这么多关于写诗的问题。她思想的潭水翻涌了，意识到这次学习机会的难得，她感到迫切需要学习，需要扩大知识面。但更可贵的，是她找到了自己的基点。她说，别人的长处一定要认真吸取，但别人永远也不能代替自己。她决心在扩大题材和探索多种表现形式的同时，保持自己写诗的特点。是的，为了发展诗歌创作，必须对一些规律性的问题取得相同或相近的认识，但绝不是以此来磨平自己。《诗刊》社的领导一再鼓励他们在艺术上的探索精神，一再希望他们能具有鲜明的艺术特色和艺术风格。

半个月的时间过去了。十七位诗作者进入了紧张的创作、修改作品的阶段。严辰、柯岩等同志具体分工一个个对他们进行辅导。那段日子里，逼人的暑气在洋溢的诗情面前消退了。夜半的灯光还照着铺展开的稿纸。"渤海二号"翻沉事故的揭露，激起了青年诗人们的义愤。高伐林写出了《长眠在海底的人的起诉》，文笔婉约的舒婷也强压住怒火，很快完成了《暴风过去之后》这样忧愤兼至的篇章。初到北京的同志，对于首都的一景一物都有兴趣。长期生活在沙漠地带的杨牧，久久地在天安门前徘徊，思绪万端，终于写出了抒情诗《天安门，我该怎样爱你！》。而张学梦站在剥蚀的古老的宫墙下，从心头喊出："我的头颅，我的喉结高过这宫墙的牙齿，也高过琉璃瓦殿堂的屋脊。"

日程安排得满满的，弦绷得太紧了吧。还是松弛一下，让长期居住各地的青年们领略一下北京附近的自然风光。《诗刊》社组织他们游览了十三陵和颐和园，最后五天，索性把队伍拉到北戴河海滨。大海，不平静的大海，不正像这些年轻人的心吗？他们在海滩上继续寻觅着诗，而在波涛中游泳归来，又与河北省诗歌作者进行座谈、交流，或聚集在一起，认真总结这次聚会的收获。无数贝壳装满了每个人的小袋子，思想上的收获却不是一时能够清点清楚的。

他们不同意那种把诗的现状描绘成一片冷落、萧条的论调。近两年的诗歌，无论在真实地反映生活的深度和广度上，还是在艺术质量上，都是扎扎实实地前进了。许多有作为的诗人更加发扬了现实主义创作的传统。当然，人民群众还不满足，一些假大空的流毒还未从诗中清除干净，一些陈旧的构思和表现方法有时还被沿袭，一些新开拓的领域和新的手法还有待于读者去熟悉。如果说诗坛目前有些动荡，那只是婴儿躁动于母腹，是新诗繁荣的先兆。青年们听到了时代的召唤，感觉到历史加给新一代诗作者肩上的重量。江河谈自己的学习体会说，生活需要奋斗，写诗也还需要奋斗。因此，一个诗人应该首先是战士。徐敬亚说，我们的生活中还有许多惰性，必须要有强大的刺激性的作品，使整个民族精神振奋起来。张学梦说，他带来的"篮子"装满了，回去还得挑拣；但有两个最主要的收获，一是坚定不移地走现实主义道路，二是感到了自己手法的拙笨贫乏，再不能写艺术上粗糙的诗了。年轻人能找到自己的不足，是一个新的飞跃的开端。这一点，是可以深信不疑的。

第一届"青春诗会"期间,《诗刊》社工作人员与学员们在昌平十三陵神路留影

　　临别的日子快要到了。还有多少思想要交流,还有多少问题要求教,还有多少体会要汇报啊。在作品中相识,就还是通过作品加深一代人的友谊吧。一个小小的朗诵会开始了,每一个同志都朗诵了一首自己写的诗。青春的声音,诗歌的声音,融汇、交响在一起。

　　八月二十一日上午,首都报刊、广播、出版界负责诗歌的有关同志应《诗刊》社之邀,与青年诗作者见面来了。他们为新人的成长感到高兴,认为《诗刊》社做了一件有益的工作。许多报刊和出版社的同志表示要为扶植新人、推介新人创造更多的条件。

　　让我们为遍布各地的新一代诗人的成长祝福!我们期待诗歌的百花盛开在我们古老而年轻的诗国!

(载《诗刊》1980 年 10 月号)

青春诗会

第二届

1982

第二届（1982年）

时间：
1982年7月25日~8月14日

地点：
北京西苑饭店

指导老师：
邵燕祥、王燕生、雷　霆

参会学员（9人）：
刘　犁、新　土、周志友、筱　敏、陈　放、阎家鑫、赵　伟、王自亮、许德民

第二届"青春诗会"期间,学员与《诗刊》工作人员在北京十三陵神路留影。前排左一为阎家鑫、左三为筱敏、左六为王自亮;后排左一为周志友、左二为许德民、左三为陈放、左六为新土、左七为刘犁、左八为赵伟

诗人档案

刘犁（1953~　），原名刘克利，湖南新化人。湖南师院中文系恢复高考第一届毕业生。《诗刊》社第二届"青春诗会"学员。诗作《茅棚》获《诗刊》1981~1982优秀作品奖。诗多写乡土，入选《中国新文艺大系1976—1982·诗集》《大陆当代诗选》《20世纪中国新诗分类鉴赏大系》等多种选集。系中国作家协会会员。出版诗集《引力》《刘犁诗选》等。

牛　背

刘　犁

牛背，是我的摇篮
是我们许多山村孩子的摇篮
我们放牧着牛
牛，也摇大了我们

我们从妈妈怀里挣脱出来
爬上牛背
带着傻乎乎的缺了门牙的笑
第一次感到：牛背
也是那么宽厚，也是那么温暖
就像我们的妈妈一样

骑在牛背上，我们喜欢
它的平稳，更喜欢

它的摇晃
摇晃才更有味呢,我们悠然自得地
横着短笛或吹响木叶
让一支支简朴的、浸透着欢娱与戏谑的童谣
漫过山坡,漫过草地,漫过我们
绿荫掩映的村舍

我们渐渐地
在牛背上长大了
我们渐渐地
体会到了牛的艰辛
于是,童年的天真与顽劣
我们不再忍心骑在牛背上
我们加倍地爱护我们的牛

我们给牛编织过草鞋
为使牛蹄不被石碴刺伤
而当暴雨袭来的时候,我们也曾

把披在身上的蓑衣解下来
盖在牛背上
用我们兄弟般的情谊，铺开一小片
无风无雨的天空

从此，我们的歌声变得严峻了
严峻得就像
我们从泥土里抠出来的
疙疙瘩瘩的生活
告别了骑在牛背上的时代，我们弯下腰去
在烈日的烤炙或风雨的打击下
用汗水，实打实地耕耘

牛背

刘犁

牛背,是我的摇篮
　　是我们许多山村孩子的摇篮
我们放牧着牛
　　牛,也摇大了我们

我们从妈妈怀里挣脱出来
　　爬上牛背
　　带着傻乎乎的缺了门牙的笑
第一次感到:牛背
　　也是那么宽厚,也是那么温暖
　　就像我们的妈妈一样

骑在牛背上,我们喜欢
　　它的平稳,更喜欢
　　它的摇晃
摇晃才更有味呢,我们悠然自得地
　　横着短笛或吹响木叶

让一支支简朴的浸透着欢娱与戏谑的童谣
　　漫过山坡，漫过草地，漫过我们
　　绿荫掩映的村舍

我们渐渐地
　　在牛背上长大了
我们渐渐地
　　体会到了牛的艰辛
于是，童年的天真与无知为

我们不再恶心地骑在牛背上
我们加倍地爱护我们的牛

我们给牛编织过草鞋
　　为使牛蹄不被石查刺伤
而当暴雨袭来的时候，我们也曾
　　把披在身上的蓑衣解下来
　　盖在牛背上
用我们兄弟般的情谊，铺开一小片
　　无风无雨的天空

从此，我们的歌声变得严峻了
严峻得就像
　　我们从泥土里抠出来的
　　疙疙瘩瘩的生活
告别了骑在牛背上的时代，我们弯下腰去
在烈日的烤炙或风雨的打击下
　　用汗水，实打实地耕耘

后记：1982年暑假诗刊社第二届青春诗会（通知上好像写的是"全国青年诗人诗歌创作学习班"），班主任是王燕生老师，他看了我带去的诗稿，说："克利，你是写乡土诗的，能否以《牛背》为题写一首？"我高中毕业正在湖滩上放牛，对牛特熟，就写了。一晃38年过去，怀念王老师，怀念那时的诗坛。

2020年5月7日

诗人档案 新土(1946~)，本名李伟，辽宁辽中人。1986年调入沈阳市文联从事专业创作。系中国作家协会会员，1972年开始发表文学作品。参加了《诗刊》社第二届"青春诗会"。著有诗集《神草》《诗圃采收》，中篇小说集《遥远的呼唤》《老树春深》和报告文学，散文等170多万字。作品多次获各种文学奖。2000年被中共沈阳市委、沈阳市政府授予"沈阳市百位艺术名家"荣誉称号。

真 想

新 土

真想在你的心里安部电话
不用拨号也不用语言
便能传送我的心音
并且可以聆听你的脉跳
那是世上最美妙的乐曲
咚咚作响的旋律
每个音符都是温暖的手掌
抚慰我尚未结痂的伤痕
在无言的心灵感应里
枯萎的情思泛出新绿
冰结的心海开始消融
由衷地点燃一炷兰香
献给心灵之神
无以酬报
但愿化作一轮皎月
默默地挂在你的窗棂
夜夜守护你梦的安宁

真　　想　〈辛士〉

真想在你的心里安部电话
不用拨号也不用语言
便能传递我的心音
并且可以聆听你的脉跳
那是世界上最美的乐曲
每个音符都是温暖的耳语
抚慰我尚未结痂的伤痕
在无言的心灵感应里
枯萎的情思泛出新绿
冰结的心海开始消融
也表地点燃一炷兰香
献给心灵之神
但愿化作一轮皎月
默默地挂在你的窗棂
夜夜守护你梦的安宁

诗人档案 周志友(1953~),中国作家协会会员。1982年参加《诗刊》社第二届"青春诗会"。出版有诗集《黑麦》,长篇报告文学《德胜世界》,长篇小说《医医》,散文集《湿地的意味》等著作。

我奔跑

周志友

我奔跑
上班的时间就要到了

无数旋转的辐条发光
擦过高低不平的肩头
在彩色的人流中
我奔跑

刚才那红白相间的路障
把我拦住了
我焦急地等待那长长的列车缓缓穿过
半分钟
给我一点小小的回忆和思考
太阳正在我肩头升高

我奔跑

通红朝霞照着我

我的血热了

我的那颗曾经冷却过的心

正在火热的胸膛里急促地跳

我奔跑

我曾经羞愧过

那时在太阳老高老高的时候

我才摇步走向矿里

今天我知道了我的价值

我要用我的价值去换取最大的价值

我奔跑

我在受到磨难成熟之后焕发的青春

正萌发着冲动

在时代的大潮中

我兴奋

我好强而且骄傲

我奔跑

太阳照着我

我的矿

就要到了

我奔跑

                    周志友

我奔跑
上班的时间就要到了

无数旋转的轮子发光
擦过了我不平的肩头
在彩色的人流中
我奔跑

刚才那红白相间的路障
把我拦住了
我焦急地等待那长长的列车缓缓驶过
半分钟
给我一点小小的回忆和思索
太阳正在我肩头升了

我奔跑
面红朝霞照着我
我的血热了

我的那颗曾经冷却过的心
正在火热的胸膛里急促地跳

我奔跑
我曾经羞愧过
那时在太阳名字忘了的时候
我才摇摇走向矿里
今天我知道了我的价值
我要用我的价值去换取最大的价值

我奔跑
我在受到磨难庆祝之后焕发的青春
正萌发着冲动
在时代的大潮中
我兴奋
我坚强而且骄傲

我奔跑
太阳照着我
我的心
就要到了

——一九八一年三月，写于淮北相山

诗人档案 筱敏（1955~　），女，生于广州。诗人、作家。做工人14年，后调广东省作家协会工作。1982年参加《诗刊》社第二届"青春诗会"。著有诗集《米色花》《瓶中船》，长篇小说《幸存者手记》，散文集《风中行走》《阳光碎片》《成年礼》《捕蝶者》《涉过忘川》《灰烬与记忆》等十余种。现居广州。

瓶中船

筱　敏

鼓着风帆，很美
如你一遍遍拟就的
　　航海宣言

惊涛轰鸣
海岸线迁徙
地球的经纬线恢恢如网
却遗落了小小一个
　　封闭的空间
许多年……

四面八方都是凹面镜，于是
世界很怪诞
海枯瘦得都病了

太阳很扁
你庆幸并骄傲,你的天地
　　十二分的稳定,而且圆满

航道荒芜着。水手的梦
会飞,飘得很远很远

瓶中船

钱文忠

鼓着风帆，很美
如你一遍遍抄就的
　　　　航海宣言

惊涛轰鸣
海岸线远遁
地球的经纬线恢恢如网
却遗落了小小一个
　　　　封闭的空间

许多年……

四面八方都是凹面镜,于是
世界很怪诞
海松瘦得有病了
太阳很痩
你依旧非常骄傲,你的天地
　十二分的镇定,而且圆满

航道荒芜着。水手的梦
会飞,飘得很远很远

1985.7.

诗人档案 陈放(1951~　)，本名陈仲芳，生于上海。1979年9月在《上海文学》发表处女作《我们这一代》。1982年参加《诗刊》社第二届"青春诗会"。出版诗集《远去的帆影》(1987)、《梦歌与恋歌》(1990)、《岁月留痕》(1994)。作品曾入选《青年诗选》《中国短诗选》《上海五十年文学创作丛书·诗歌卷》等选本。

签　到

陈　放

签到簿上，郑重地、
端正地写下自己的名字。

银行大厦里，
有我平凡的位置，
一把算盘，一叠账册，
一张被磨亮的办公桌
和已没有弹性的沙发椅。
每天，在台灯柔和的光线下，
重复着简单的计算。

从一加一的程序开始，
辨认每一个小数点
在算式里应有的位置；

我知道，丝毫的疏忽，
也会使等号
失去尊严和威力。

从一加一的程序开始，
把累积出的百、千、亿，
填入巨大的计算机。
我懂得荧光屏的色彩，
是无数单调的线条
巧妙的调配和聚集。

在嘈杂的音响中，
分辨和谐的旋律；
在枯燥的工作中，
感受生活的呼吸。
我相信算盘上
唱得最多也最响的，
是个位数上的算珠。

签到簿上,郑重地,
端正地写下自己的名字
我听不到球迷的欢呼
我得不到观众的献花
也没有救死扶伤的本领
和巧夺天工的精湛技艺
然而,在平凡的岗位上
我愿自己的心
变成一颗不错位的算珠
时刻接受人民拨动……

签到

张敬

签到簿上，郑重地、
端正地写下自己的名字。

银行大厦里，
有我平凡的位置，
一把算盘，一叠账册，
一张被磨亮的办公桌
　　和己没有弹性的沙发椅。
每天，在台灯柔和的光线下，
重复着简单的计算。

从一加一的程序开始，
辨认每一个小数点
在算式里应有的位置；
我知道，疏忽的琉忽，
也会使等号

失去尊严和威力。

从一加一的程序开始
把累积出的百、千、亿，
填入巨大的计算机。
我懂得荧光屏的色彩，
是无数单调的线条
巧妙的调配和聚集。

在嘈杂的音响中，
分辨和谐的旋律；
在枯燥的工作中，
感受生活的呼吸。
我相信算盘上
唱得最多也最响的，
是个位数上的算珠。

签到簿上，郑重地、
端正地写下自己的名字。

我听不到球迷的欢呼，
我得不到观众的献花，
也没有救死扶伤的本领
　　和巧夺天工的精湛技艺。
然而，在平凡的岗位上，
我愿自己的心
变成一颗不锈位的algorithm螺珠，
时刻悸动人民搏动……

原载"诗刊"1982年9月号　第二届"青春诗会"手稿
重抄于　2020年5月17日

诗人档案

王自亮（1958～　），浙江台州人。毕业于杭州大学中文系。1982年参加《诗刊》社第二届"青春诗会"。著有诗集《三棱镜》（合集）、《独翔之船》《狂暴的边界》《将骰子掷向大海》《冈仁波齐》《浑天仪》等。诗歌入选《青年诗选》（1981～1982）、《朦胧诗300首》和多种全国诗歌年度选本。获首届中国屈原诗歌奖、《诗刊》首届中国好诗歌提名奖、第二届江南诗歌奖等。部分作品被翻译成英语、西班牙语、葡萄牙语、意大利语等。

小时候，我拾过鸥蛋

王自亮

小时候，我拾过鸥蛋
在长满蒿草的石堆中
在被遗忘的角落
我被我的发现兴奋得发晕
我捧着，轻轻地
放在阳光下，放进温暖的沙窝
那半透明的外壳
包孕着小小的生命
一个海的未来
我常常把它托上头顶
它会飞的，我想
是的，我也会飞

海洋的秘密属于爸爸

鸥蛋是我发现的
它的秘密属于我

小时候，每人都有他的乐趣
我的乐趣是寻找失落草丛中的鸥蛋
救援比我更微小的生命
从此，我一天天站在海岸
瞭望大海中的帆船
瞭望盘旋桅尖的海鸥
寻找我抚慰过的那只翅膀

从此，在我心灵的荒岛上
总有一片属于自己的天地
总有几个光洁的鸥蛋

小时候，我拾过鸥蛋
　　　　　　　王自亮

小时候，我拾过鸥蛋
在长满蒿草的石堆中
在被遗忘的角落
我为我的发现兴奋得发掌
我捧着，轻轻地
放在阳光下，放进温暖的沙窝
那半透明的外壳
包孕着小小的生命
一个海的未来
我常常把它托上头顶
它会飞的，我想
是的，我也会飞

海洋的秋天属于爸爸
鸥蛋是我发现的
它的秋天属于我

小時候,每人都有他的樂趣
我的樂趣是尋找失落草丛中的鸟蛋
救援比我更弱小的生命
从此,我一天天站在海岸
瞭望大海中的帆船
瞭望盘旋掠空的海鸥
寻找我视野之外的那片翅膀

从此,在我心灵的荒岛上
总有一片属于自己的天地
总有听光话的鸟蛋。

　　　　　　　作於1981年

诗人档案

许德民（1953~ ），生于上海。诗人、画家、书法家、抽象艺术家、理论家。中国作家协会会员、中国美术家协会会员、中国摄影家协会会员。1979年考入复旦大学经济系，1981年在复旦大学发起成立复旦诗社，系第一任社长，《诗耕地》主编。1982年参加《诗刊》社第二届"青春诗会"。诗歌曾获得《诗刊》优秀作品奖，首届《上海文学》优秀作品奖和上海市首届文学奖，新归来代表诗人奖等奖项。2005年主编《复旦诗派诗歌系列》十六部，开创复旦诗派，系复旦诗派代表性诗人。1985年开始绘画创作，抽象画作多次入选全国美展。出版诗集、画册、理论集十余部。

紫色的海星星

许德民

即便是威严的大海
也无力保护自己的孩子
在浩淼波涛中
一个生命的失踪已不是新闻了
我看见游览区的小篮子里
海星星被标价出售

当奶白色的海月水母
伴随你巡视洁白的珊瑚林
你是骄傲的小女王
让淡紫色的光芒
照耀马蹄骡和虎斑贝
而我只用了几枚小小的硬币
就换取了你

只是趴在我的手掌上
你柔软的肢体已变得僵硬

只有五个等边的触角
还是那样自信
自信而又哀伤
仿佛一遍一遍告诉我
你从来也没有伤害过谁
你怀念海洋里
吹响蓝水泡的小伙伴
怀念不让小鲨鱼参加的
捉迷藏的游戏

人间对你来说是陌生的
或许，你只是从沉船的残骸上
从生锈的铁锚和折断的桅樯上
从少女飘沉的绣着并蒂莲的丝手绢上
猜到了一些人间的秘密
但更多的仍然是一个谜
你一定后悔过
不该走出你的天国

那片静静的珊瑚林
就连我也开始后悔
不该用你凝固的眼泪
装饰说不出话的墙壁
在我安宁的心里
竖起一座小小的墓碑
如果不知道世界上有你
心大概不会这么沉重

并不是所有的善良
都能得到应有的尊重
并不是所有的伤害
都是蓄谋已久的
海星星呵
让我们成为朋友吧
我的心是你的珊瑚林
当猜谜晚会结束的时候
在我和孩子们的眼睛里
你会升起来
走向西山顶

紫色的海星星

许德民

即使是威严的大海
也无力保护自己的孩子
在汹涌的波涛中
一个生命的夭折也不是奇迹了
我看见廉价的小摊子里
海星星被标价出售

当那白色的海月水母
伴随着也视洁白的珊瑚树
你是骄傲的小女王
让这紫色的光芒
照着马蹄螺和虎斑贝
而我只用了几枚小小的硬币
就换取了你
只是躺在我的手掌上
你柔软的肢体已变得僵硬
只有五个掌边的触角
还是那样自信
自信而又哀伤
仿佛一遍一遍告诉我
你从来也没有伤害过谁
你怀念海洋里
吹响童水泡的小伙伴
怀念不让小鱼鱼参加的
捉迷藏的游戏

人間對你來說是陌生的
或許，你只是從陌生的吊橋上
從生鏽的鐵錨和折斷的桅檣上
從少女歡沉溺鋪著玉葉蓮的綠分洲上
瞥到了一些人間的哀愁
但更多的仍然是一個謎

你一走後悔過
不該走上你的天國
那片靜謐的珊瑚林
從遠處也開始發綠
不該用你熾圖的眼淚
發脾氣說不出話的牆壁
在我憂鬱的心裡
壘起一座小小的墓碑
如果不來這個世界上都等
心大概不會這麼沉重

並不是所有的善良
都能得到應有的尊重
並不是所有的偽善
都逃著善舞之久的

海星是河
讓我們成為朋友吧
我的心是你的珊瑚林
當耶誕晚會結束的時候
在我和孩子們的眼睛裡
你會升起來
走向西山頂

　　　　　詩寫於 1982 年

九朵在京城开放的"诗花"
——第二届"青春诗会"(时称"青年诗作者改稿会")侧记

王燕生

这一期特别不顺。原定 1981 年举办,未想对那一部电影的批判使文坛风云突变,"凡事不宜",搁浅了。

1982 年 7 月行将开幕之际,突然接到上面通知,不准某某参加,而她偏偏已乘车北上。我们陷于进退两难困境,明知她已无法收到,还是发了一封"暂缓来京"的电报。电报发出,人已进门。你说是撵

第二届"青春诗会"学员在天安门留影。
前排左起:筱敏、阎家鑫、王自亮;后排左起:许德民、刘犁、陈放、新土

第二届"青春诗会"期间,前排左起:新土、筱敏、严辰、王自亮、阎家鑫;后排左起:周志友、陈放、赵伟、雷霆、刘犁

第二届"青春诗会"期间，老师与学员在圆明园留影。前排左起：刘犁、王自亮、筱敏、许德民、新土；后排左起：陈放、赵伟、王燕生

还是留？六月号我们刚发了她三首诗，写得不错，是新华社记者采访时发现并推荐的。不准参加，总该有个说法，经了解，是她画画的丈夫出了事，而她以裁缝为生，并无劣迹。就在这时，又发生了一件意外，在山东大学读哲学的韩东来报到，露了下脸便不知去向。几件事搅在一起，虽说住在西苑饭店，和第一届比犹如进了天堂，心绪却始终不安。参加本届诗会的九位诗人分别为：刘犁、新土、周志友、筱敏、陈放、阎家鑫、赵伟、王自亮、许德民。

待到此届办完，《诗刊》十月号推出"青春诗会"专辑时已经乱了套。出于"避嫌"和其他因素，某某及另外两位出席诗会的青年的作品没有编入，而从来稿中选了八位没有参加诗会的青年的诗编了进去。时过境迁，弄得现在《诗刊》的当家人以为编入"青春诗会"栏目的便是出席"青春诗会"的，两次公布名单都是错的。

时间走得不算太远，历史已不好写了。（编者按：历届"青春诗会"唯有本届诗会没有刊发主持人的总结性文章。编者从当届主持人王燕生的回忆文章中整理出上述文字，补记之）

青春诗会

第三届

1983

第三届（1983年）

时间：
1983年4月15日~5月2日

地点：
北京西郊香山国务院第三招待所

指导老师：
李小雨

参会学员（11人）：
李　钢、朱　雷、柯　平、龙　郁、薛卫民、王家新、张建华、饶庆年、雷恩奇、牛　波、李　静

第三届"青春诗会"期间,指导老师与学员合影。前排左起:柯平、李静、李小雨;后排左起:牛波、王家新、龙郁、朱雷、雷恩奇、张建华、薛卫民、饶庆年

诗人档案 李钢（1951~　），祖籍陕西韩城，生于山东济南。中国作家协会会员。1970年代后期进入中国诗坛，其代表作大型系列诗歌《蓝水兵》曾在中国诗坛产生轰动效应和广泛影响。1983年参加《诗刊》社第三届"青春诗会"。1980年代即先后当选"当代十大青年诗人"和"最受喜爱的当代十大中青年诗人"。出版有诗歌、散文、漫画等著作多部，作品被译成多国文字。曾获中国作家协会第二届全国优秀新诗（集）奖以及数十项文学奖。此外，多部作品被央视拍摄成电视诗歌散文，连续四届获全国电视星光奖。

蓝水兵

李　钢

蓝水兵

你的嗓音纯得发蓝，你的呐喊

带有好多小锯齿

你要把什么锯下来带走

你深深地呼吸

吸进那么多透明的空气

莫非要去冲淡蓝蓝的咸咸的海风

蓝水兵

从海滩上跃起身来

随便撕一张日历揣在裤兜里

举起太平斧砍断你的目光

你漂到海蓝和天蓝中去

挥动你的双鳍鼓一排巨浪

把岸推向远处去
蓝水兵
你这两栖的蓝水兵

蓝水兵
畅泳在你的蓝军服里
隐身在海面的蓝雾里
南海用粤语为你浅浅地唱着
羊城在远方咩咩地叫着
海啸的嗯哨挺粗犷
太阳那家伙的毛胡子怪刺痒
在一派浩浩荡荡的蓝色中
反正你蓝得很独特
蓝水兵
你是蓝鲸

春季到了你就下潜
一直下潜到贝壳中去
谛听海的心音
伸出潜望镜来瞭望整个夏天
你可以仰泳，可以侧泳
可以轻盈地鱼跃过任何海区
如果你高兴
你尽可以展翅飞去

去银河系对你来说
是再容易不过的事了
那场壮观的流星雨
究竟算一次空战还是海战
反正你打得够潇洒的
当天上和海上的浪潮平息
当月光流泻如月光曲
你便在月光中睡成一座月光岛

早晨你醒来
在那棵扶桑树上解开你的缆绳
总会将一只金鸟儿惊起
它扑楞楞地扇下几根羽毛
响叮叮落在你的甲板上
世界顿时一片灿烂
在这令人眼花缭乱的光芒中
天开始一个劲地高
海开始一个劲地阔
蓝水兵
你便一个劲地蓝

藍水兵　李鋼

藍水兵
你吼喊着純得淺淺地藍，你的吶喊
帶有好多小鯊齒
你要把什麼銜下來帶走
你深深地呼吸
吸進那麼多遙遠的空氣
莫非要去衝淡藍藍的鹹鹹的海風

藍水兵
泛海灘上踩起身春
隨便撕一張日曆擋在褲襠裏
掌起太平洋斧砍斷你的目光
你漂到海藍和天藍中去
揮動你的雙鰭鼓一排巨浪
把背鰭向高處震一震
藍水兵，你這兩棲的藍水兵
暢泳在你的藍軍服裏
隱身在海面的藍霧裏

南海用粵語等你淺淺地唱着
羊城在遠方呼呼地叫着
海峽的嗩吶扭扭擰擰
太陽那家夥烈的毛翻羊怪刺癢
在一派浩浩蕩蕩的藍色中
反正你藍得很獨特
藍水兵，你是藍鯨

春季動了你就下潛
一直不諳到貝殼中去
諦聽海的心音
伸出潛望鏡來除生整個夏天
你至少你涮，你側泳
仰泳輕盈地急躍色住低海區
如果你起高興
你盡不以展翅飛去

反正你打得很漆灑的
當天上和海上的浪潮平息
當月光流溢的月光曲
你便在月光中睡成一座月光島

早晨你醒來
在那棵挨桑樹上鯨開你的纜繩
總會將攬擱一隻金鳥免驚起
她撲楞楞擱下腎羽毛
營叮叮頑下流在你的甲板上
在這令人眼花繚亂的光芒中
天開始一個勁地高
海開始一個勁地闊
藍水兵
你便一個勁地藍

去銀河系對你並不是一再容易不過的事了
那塢壯觀的海崖雨
究竟算一次空戰還是海戰

一九八三年作品稿於北京西山
國務院德壯療養區四號樓

诗人档案

柯平（1956~　），诗人、作家。祖籍宁波奉化。从事写作多年，主要作品结集有《历史与风景》《文化浙江》《阴阳脸——中国传统知识分子生态考察》《运河个人史》《半生录》《多角戏》等。曾获"人民文学"奖、艾青诗歌奖、朱自清文学奖、郭沫若诗歌奖、中国首届屈原诗歌大奖银奖等多项奖项。1983年参加《诗刊》社第三届"青春诗会"。现居湖州。

钓台夜泊

柯　平

春水再次漫上矶石
渔灯与星光在黑暗中互致私语
崇仰者蓑衣笠帽徘徊江畔
辨认智者的思想与心迹

松子依旧每夜固执地落满
他当年隐居的门前
而我在红尘里挣扎　想象一根钓竿
睥睨权杖所需要的力量

早晨山中空寂、清冷
破败的羊裘内是谁在冥思
那双曾经架在皇帝身上的脚
反复深入青草和泥土

我贴近旅馆的窗户　神情激荡
这时正好看见　这个钓台
比起紫禁城里那个来
好像高出了一些

钓台夜泊

柯平

春水再次漫上矶石
渔灯与星光在黑暗中互致私语
崇仰者蓑衣笠巾自徘徊江畔
辨认智者的思想与心迹

松子依旧每夜闻扑地落满
他当年隐居的门前
而我在红尘里挣扎 想象一根钓竿
瞠目咒叔叔所需要的力量

早晨山中空寂,清冷
破败的草堂内是谁在冥思
那双曾经探在皇帝身上的脚
反复深入青草和泥土

我贴近旅馆的窗户 神情激荡
这时正好看见 这个钓台
比起紫禁城里那个来
好象高出了一些

作于1994年。收入诗集《文化漂泊》

诗人档案 龙郁（1947～　），本名龙绪成。中国作家协会会员。1983年参加《诗刊》社第三届"青春诗会"。在海内外数百家杂志、报刊上发表诗作数千首。作品曾多次入选国家级选本。曾获《北京文学》奖、四川省文学奖、"金芙蓉"文学奖、《葡萄园》诗歌奖等十余次奖项及首届"四川省职工自学成才"表彰。出版有诗集《黎明·蓝色的抒情》《情窦·69》《木纹》《龙郁诗选》等十余部。编纂有《中国·成都诗选》《诗家》书系选本十卷。

黎明印象

龙　郁

当阿波罗驾着疲惫的日车，
缓缓地驶向穹形的车库……

在东方，在我们的钢厂，
黎明像混沌中啄壳的鸡雏，
笃笃，笃笃……
这是一次多么艰难的突破啊！
我手中的钢钎急着相助。

应合着内外齐心的夹击，
风在咆哮，火在旋舞，
夜终于被啄开一个血红的窟窿。
灼热的光像囚徒般涌出，
怀着成型的热望，

走向浇铸……

此刻正值出钢，炉台上
东方的黎明转瞬成熟——
一只红公鸡扇动着霞光的翅膀，
掷出使黑夜碎裂的音符。

黎明印象

戈邪

当阿波罗驾着疲惫的马车,
缓缓地驶向穹形的车库……

在东方,在我们铜厂,
黎明像混沌中啄壳的鸡雏,
等着,等着……
这是一次多么艰难的突破啊!
我手中的钢钎急着帮助。

燃含着内心奇异的兴奋,
风在咆哮,火在旋舞,
夜终于被啄开一个血红的蛋壳。

灼热的岩浆圆珠般涌出，
怀着成型的渴望，
走向洁静……

此时正值出钢，炉台上
东方的紫攻瑰瞬间盛然——
一只红公鸡揣动着霞光的翅膀，
撕此任黑夜碎裂的音符。

（原载《锋刃》1985年8月号）

薛卫民（1959~ ），吉林伊通人。1982年四平师范学院中文系毕业。1983年参加《诗刊》社第三届"青春诗会"。有《四季》《太阳是大家的》《地球万岁》等二十多篇作品，被选入人教版小学《语文》课本、幼儿园教材及香港中小学教科书。获中国作家协会第二届、第四届全国优秀儿童文学奖等多项全国性奖项。

古村落遗址

薛卫民

沿着蝉唱虫鸣的小道
穿过草甸子
悄然向这个村落走来
不闻犬吠
也不见炊烟

没有一个荷着锄的老倌
用挽着牛缰的手
为问路人指点

全村的人都走光了
走得杳无踪迹
留下开垦出的大片大片的土地
留下些莠子

自生自落地繁衍

依稀可见的
几处起伏的断壁残垣
艰难地回忆着
干打垒的夯声
和挂着兽皮晒着渔网的庭院

那是一群怎样勤劳的人们啊!
日出而作
日落了仍不歇息——
绩麻
纺织最古老的粗布
当没有月光时
就点起一只狼油灯盏

也许是因为战争
因为飞来蝗虫般的鸣箭

他们被迫着走了
弃下精心营造的家园
走向新的草莽、河滩
去开垦新良田

谁也记不得
这已是第几次迁徙
留下尚温的灰烬
带走炊烟

世界
因为有这样一些公民
它那广袤无边的荒凉
也一点一点地退缩了

古村落遗址

薛卫民

沿着蝉唱蛙鸣的小道
穿过草甸子
悄然向这个村落走来
不闻犬吠
也不见炊烟

没有一个荷着锄的老倌
用挽着牛缰的手
为问路人指点

全村的人都走光了
走得杳无踪迹
留下开垦出的大片大片的土地
留下些蓼子

自生自落地繁衍

依稀可见的
几处起伏的断壁残垣
艰难地回忆着
干打垒的夯声
和挂着兽皮晒着渔网的庭院

那是一群怎样勤劳的人们啊
日出而作
日落了仍不歇息——
绩麻
纺织最古老的粗布
当没有月光时
就点起一只鲸油灯盏

也许是因为战争

因为飞来蝗虫般的鸣镝
他们被迫弃去了
辛辛苦心营造的家园
走向新的草莽、河滩
去开垦新的良田

谁也记不清
这已是第几次迁徙了
留下尚温的灰烬
带走炊烟

世界
因为有这样一些公民
它那广袤无边的荒凉
也一点一点地退缩了

组诗《遥远的回声》这一
原载《译刊》1983年8期

诗人档案

王家新（1957~ ），生于湖北丹江口。中国当代诗人、批评家、翻译家。"文革"结束后考入武汉大学中文系。著有诗集《纪念》《游动悬崖》《王家新的诗》《未完成的诗》《塔可夫斯基的树》，诗论随笔集《人与世界的相遇》《夜莺在它自己的时代》《没有英雄的诗》《为凤凰找寻栖所》《黄昏或黎明的诗人》等，翻译集《保罗·策兰诗文选》《带着来自塔露萨的书：王家新译诗集》《新年问候：茨维塔耶娃诗选》《我的世纪，我的野兽：曼德尔施塔姆诗选》《死于黎明：洛尔迦诗选》；编选有中外现当代诗选及诗论集多种。曾获多种国内外文学奖。1983年参加《诗刊》社第三届"青春诗会"。

野长城

王家新

在这里，石头获得它的份量
语言获得它的沉默
甚至连无辜的死亡也获得
它的尊严了
而我们这些活人，在荒草间
在一道投来的夕光中，却显得
像几个游魂……

野长城

在这里，石头获得完以的份量
语言获得完以的次默
甚至连文章记载它也获得
              完以的尊重了
而那些这些诗人，在荒草间
在一直投单以夕走中，却显得
像几个游魂……

                   三宝新，2013年

诗人档案 张建华（1957~   ），出生于四川开江。1983年参加《诗刊》社第三届"青春诗会"。1992年加入中国作家协会。出版由其创作或主编的诗歌、散文、随笔、报告文学集三十余种，数百万字，入选《中华文化名人大辞典》。曾获《诗刊》优秀作品奖、全国图书"金钥匙"奖、四川文学奖等奖项。

她，放飞神奇的鸽群

张建华

打开绿色的邮箱
那么多洁白的、浅蓝的、淡紫的信封
一起在她手上扑腾
仿佛放飞神奇的鸽群

从母亲的叮嘱里飞来的鸽子
从妹妹的凝望里飞来的鸽子
从情侣们的思念里飞来的鸽子……
全都栖在小小的邮箱
等待这个放飞的时辰
她因此而变得富有起来
拥有那么多母亲、妹妹和情侣们的秘密
手里，握着沉甸甸的责任

此时，她把所有的信件摆好
动作熟练地给每一个信封盖上日戳
那欢快而响亮的节奏
像一串激动的心跳
——心爱的鸽子就要起飞而引起的心跳
怦怦，怦怦……

她，放飞神奇的鸽群
放飞思念、问候
放飞淡淡的别绪、浓浓的乡情
放飞回忆与憧憬……
穿过浓雾、风和玫瑰色的黎明

和这些鸽子一道飞起来的
是少女的幻想和整个生活的进程

她,放飞神奇的鸽群

张建华

打开绿色的邮箱
那么多洁白的、浅蓝的、淡紫的信封
一起在她手上扑腾
仿佛放飞神奇的鸽群

从母亲的叮嘱里飞来的鸽子
从姐妹的凝望里飞来的鸽子
从情侣们的思念里飞来的鸽子……
全部挤在小小的邮箱
等待这个放飞的时辰
她因此而变得富有起来
拥有那么多母亲、姐妹和情侣们的秘密
手里,攥着沉甸甸的责任

此时,她把所有的信件摆好
动作熟练地给每一个信封盖上日戳
那欢快而响亮的节奏
像一串激动的心跳
——小爱的鸽子我要起飞而引起的心跳
怦怦,怦怦……

她,放飞神奇的鸽群
放飞思念、问候
放飞浪漫的别语、浓浓的乡情
放飞回忆与瞳眸……
穿过浓雾、风和玫瑰色的黎明

和这些鸽子一道飞起来的
是少女的幻想和整个生活的进程

诗人档案 雷恩奇(1959~　)，满族，吉林舒兰人，1983年参加《诗刊》社第三届"青春诗会"。1989年加入中国作家协会。1979年开始文学创作，曾在全国百余家报刊发表诗作数百首。组诗《山乡的歌》获《诗刊》社1983年优秀作品奖，以其诗《天外归来》改编的歌词《山童》获1989年《广播新歌》一等奖，通过中央人民广播电台向全国播出，并被拍成音乐电视。出版有诗集《关东风情》《绿皮日记》，其作品被几十种诗选收入。

小憩，我拉起二胡

雷恩奇

小憩，我拉起二胡
四周是绿油油的田畴，
脚下是肥沃沃的泥土。
优美的鸟叫，
闪光的露珠，
全都是栖息在
我两根琴弦上的音符……

莫让青春凝固！
莫让时间凝固！

小憩，我拉起二胡。
让喜悦从琴弦上流下来吧
一条潺潺小溪，

一道呼啸飞瀑,
收起没打圆的半截呼噜,
倚着田埂,躺在
幽深而朦胧的湖……

让爽朗的风,
在我们的心上飘拂!

小憩,我拉起二胡。
《丰收小调》《牧羊曲》,
《二泉映月》《十面潜伏》。
庆贺我们从土地的衣兜里
掏出了金色的财富,
烦闷、忧愁、凄苦
不再在皱纹的沟壑里潜伏……

为你欢呼!
为我欢呼!

小憩,我拉起二胡。
是的,我们曾经幻想,

不再走弯曲的山路。
但毕竟是母亲用摇篮曲
把我们一口口喂大的呵，
难道我们能忍心看着
她抛洒晶莹的泪珠？！

给你却愁！
给我剔苦！

小憩，我拉起二胡。
弹送月落、弹奏日出。
傍晚玫瑰色的絮语，
黄昏绿叶般的情话，
都是我的主旋律。
还有，姑娘瞥向我的
深情的双眸……

给你祝福！
给我祝福！

小憩，我拉起二胡

雷恩奇

小憩，我拉起二胡。
四周是绿油油的田畴，
脚下是肥沃沃的泥土。
优美的鸟叫，
闪光的露珠，
全都是栖息在
我两根琴弦上的音符……

莫让青春凝固！
莫让时间凝固！

小憩，我拉起二胡。
让春光从琴弦上流下来吧——
一条潺潺小溪，
一道哗哗飞瀑。
收起没打圆的半截呼噜，

倚着田埂，躺在
幽深而朦胧的湖……

让爽朗的风
在我们的心上翻拂！

小憩，我拉起二胡。
《丰收小调》、《牧羊曲》，
《二泉映月》、《十面埋伏》。
庆贺我们从土地的衣兜里
掏出了金色的财富，
烦闷、忧愁、凄苦
不再在皱纹的沟壑里潜伏……

为你欢呼！
为我欢呼！

小憩，我拉起二胡。
是的，我们曾经幻想，
不再走弯曲的山路。

130

但毕竟是母亲用摇篮曲
把我们一口口喂大的呵,
难道我们能忍心看着
她那洒晶莹的泪珠?!

　　给你却愁:
　　给我别吕!

小憩,我拉起二胡。
弹送月落,弹奏日出。
倚丽玫瑰色的絮语,
黄昏绿叶般的情侣,
都是我的主旋律。
还有,姑娘瞥向我的
深情的双眸……

　　给你祝福:
　　给我祝福!

我《诗刊》1983年第8期第三届"青春诗
会"专栏。

诗人档案

牛波(1960~),生于北京,原籍河北饶阳县。诗人,画家。17岁开始发表文学作品。曾参加《诗刊》社第三届"青春诗会"。为中国作家协会北京分会会员。组诗《河》与《迷宫》为其代表作。部分作品被译成英文。主要作品有诗集《河》(漓江出版社)。部分诗作收入《新诗潮》《朦胧诗精选》《五人诗选》(1986年,作家出版社)、《中国当代抒情短诗》(1985年,长江文艺出版社)、《中国当代青年诗选》(1986年,花城出版社)等十余种选集。

还 原

牛 波

一个人在树顶召唤斑鸠
一个人正把枪拣起
一个人骑着老马来了
这都是我,在一瞬间
想　干的事

一个人挨个看那些大树
拿着斧头,一棵树看见
他在另一棵树前站住
那是些一模一样的树

还原

一个人在树顶召唤斑鸠
一个人匹马把枪擦亮
一个人静着老马素了
这都是我，在一瞬间
想干的事

一个人接仇看那些大树
拿着斧头，一棵树没见
他在另一棵树前站住
那是另一棵一样的树

以上两段写作于1993年。当时在修天台宗，即一心三观，或说是三谛圆融。此诗后半都分的句式，是据依华严宗"四法界"：第一句：事法界，第二句：理法界，第三句：事理无碍法界，第四句，事事无碍法界。

④ 按："人生四：求法，十善业道经，佛藏之言教"。余有幸于2013年春到浙江径山宗寿禅祖庭受祖导的三坛大戒，此大戒由我师傅卧石传开教寿老和尚二人主持，次年替师开演，究得千岁祖手矣。

2020年6月卅日
牛波 记于日本青谷寺

新叶，在初夏歌唱
——1983年"青春诗会"读后

李小雨

现在正是初夏。

一切都被浓浓淡淡的绿荫遮掩了，无论山径，无论沟壑。大片大片的树影重重叠叠，掀动起耀眼的波涛，它们推涌着，翻卷着，它们永远年轻，用内在的创造力，奔放的热情，湿润我们的眼睛，这是我们每个人在青春时代才见到的绿色呵！

在这片北京西郊繁茂的小树林中，我们欣喜地采撷到十一片绿荫——十一个年轻的诗作者以他们还沾着露水的作品为我们展示了生活的广阔与纵深，展示了青年诗人的诗怎样以它独特的方式探索着，发展着，展示着种子落进土壤之后的蓬勃旺盛的生命。

用蘸满情感的笔，自觉地去描画色彩斑斓的生活，去记录今天的时代精神，是这批青年诗人的鲜明特点。他们不满足于表面地描写生活，而是力求在新时期复杂纷纭的生活现象中去把握当代人的内心世界，并用诗人强烈的感情去表现他们。通过这些丰富多彩的人物心灵的窗口，我们看到了时代的一角。这些青年诗人或来自都市和工厂，或来自偏僻的乡村，虽然只有十一支笔，但他们展现的生活图景却是多彩的，也耐人寻味：

第三届"青春诗会"期间，韩作荣、王燕生、饶庆年、龙郁、张建华、王晓笛、胡笳（左起）在王燕生家欢聚

第三届"青春诗会"期间，龙郁、韩作荣、王燕生、胡笳、张建华（右起），王燕生亲自下厨招待客人

"我们不由自主地抓起大锤／鼓风机吼叫着／肱二头肌可怕地凸起／……就这样／为一种突发的力所支配／没有人想到休息／哪怕只喝一口水／哪怕只喘一口气"，这是一群终日在炉火边抡大锤的青年锻工们偶然领略了黄昏的美丽后的冲动和兴奋。"我怜悯地解下了我的白手套／用与一个五尺汉子不相称的柔情／小心地擦去了上面的灰尘／然后，把它拧上了吊车的支臂"，这是一个失去父母的年轻工人对一颗被遗落的螺钉的感情。"默默地、姑娘，我该用迷朦的月光谢你／谢你惊惶中紧拽我衣袖的信任／不是发傻，不是痴憨／默默地，我不作声／这时，我在盼着跳出一只斑斓猛虎／或是闯来一个劫路强人／那么，姑娘／有我——你不用怕"，这是当一个姑娘给与一个曾经自轻自弃的青年以巨大的信任时，这青年真情可爱的诉说……新颖的角度，多彩的生活，真挚的感情，构成了鲜明的诗的意境。

诗歌不是生活记录，诗歌不能停步在生产指标的图解里，不能淹没在龙门刨床的轰鸣中，不能徘徊在责任田头的阡陌上。诗人要找到一条路，走进人们的心灵。当然，今天的时代是历史发展的延续，今天的人也是历史造就的人。当诗人将笔触伸向人们心灵的深处，就会发现中国的民族心理以及近几十年来中国的独特历史对人们的性格的无所不在的影响。他们笔下的人物个个有着特殊的经历，有着"因为历史不规则地运转"而失去父母的孤独感，有着"因为贫穷，曾偷伐过集体的木材，为争工分，还打过架"的愧悔，有着直到今天仍抡着大锤劳动的沉重感，在这些形象身上折射着历史的反光。这些，只是在经历了我们这条曲折的历史道路后才能留下的痕迹，只是在仍保持着中国传统特色的今天的时代中才能出现的，因此，它是特定的，是有着一定的概括性和典型性的。

飞速发展的时代，使现代化的蓝图变得越来越清晰具体。这种变迁，以铁的力量一扫以往的哀叹之声，希望之树已经在人们的心里渐渐扎根。在人们的感情生活里出现了清新的积极的基调。它当然也流溢于这十一位青年人的诗行之间。他们既不回避历史的种种影响，又对未来有着热烈的向往。如"我在溪边轻声唤你，你激动，又不敢走近——摇篮里，爹妈为你选了终身"。作者通过一个农村青年眼光透视爹妈为她选了终身的么妹子在看见自己喜欢的人时激动又胆怯的心理。作者们的笔触是大胆的，没有怕写阴暗面，甚至写到了至今仍存在封建残余，但正是在这样混合着灰尘的活水中，才更使这些人物显示出那种对过去的反省，对美的追求和对明天的纯洁的向往，显示出我们今天生活的可爱。么妹子不是还悄悄珍藏着发卡和纱巾，在"选择那么一天，早晨，突然穿戴上这一切，像金丝雀一个迷人的亮翅，捅破这小村古老的平静"吗？捡螺丝钉的失去父母的青年工人也"并不希望因此而得到表扬

第三届"青春诗会"期间，四川籍学员与《诗刊》老师合影。左起：李小雨、李静、杨金亭、李钢、龙郁、张建华

或赞许"，而只希望人们能理解他，"不要把它看作一件普通的好人好事……"青年诗人们正是以对新事物的爱来批判旧的事物、旧的道德和旧的感情的，他们就是在这批判当中歌颂了新人，塑造了新人的形象的。

鲁迅认为"诗歌是本以为抒发自己的热情的"一门艺术。因而，它离不开作者自我感情的抒写。可喜的是这些年轻诗人能把自我和时代紧紧相连，用自己的神经去感应时代的气息。这样，每一个艺术形象上便都寄托着诗人强烈的感情色彩，时代和自我融为一体。这批青年诗人，以强烈的时代感为他们的"自我"带来了特点。他们力求在一个新的大变革的时期、在一个民族性格发展的过程中去把握各种人物的内心世界，去探讨这个时代的发展。他们的表现范围扩大了，仿佛在写这个时代的一些"人物志"。透过这些错综复杂的人与人之间的关系，透过人物性格的多重性变化，反映出我们这个社会的某些现状，以及我们这个民族艰难的路程。值得一提的是，诗人们尽力把笔墨集中在揭示普通劳动者的心灵上，这或许是因为诗人们就来自他们中间，或许是因为诗人们在曲折的历史进程中认识到蕴藏在平凡的人民中的巨大的精神和道德力量。总之，在作者们的描述中，我们感受到诗人的自我与人民的血脉联系，看到了他们对民族和祖国美好未来的希望。

马克思说："在这样的转变时机，我们感到必须用思想的锐利目光去观察今昔，以便认清自己的实际状况……世界历史本身也喜欢把视线投向过去，并回顾自己……单个的人在这样的时机会产生抒情的情绪的。"（《马克思恩格斯全集》第40卷第8页）走一条中国式的社会主义道路，在这样一个伟大转折的时刻，谁不在思考，不在探索呢？而一个国家，一个民族的发展是有其历史继承性的。正是为了创造未来，人们才审视过去。这种回顾是自觉探求社会发展规律的表征。

这些青年诗人带着自己特殊的情感来写历史。通过对历史的表述，研究我们特定的民族心理、道德观念和思想感情，研究今天对昨天的继承性，而最重要的，是研究对我们今天时代的启示和感召。请看《古村落遗址》这样刻画我们的祖先："那是一群怎样勤劳的人们啊／日出而作／日落了仍不歇息／——绩麻，纺织最古老的粗布，当没有月光时／就点起一只狼油灯盏／……世界／因为有这样一些公民／它那广袤无边的荒凉／也一点一点地退缩了"，勤劳、坚韧，一步一坑地走向明天。《在高高的绝壁上》则从一个民族毁灭的历史中，看到了它不死的精神。"火光将从灰烬中再次跃起／那刻在洞壁上的神秘的象形文字／在火的悲壮触摸和呼唤下／便会像奇迹一样一个一个地显现／呵，我认出了：尊严！自由！"这徘徊在巴人岩洞里的不死的魂灵，不能不激起经历过"四人帮"蹂躏的人们的共鸣，使人们更珍惜人的尊严，为着人类自由的未来而去奋斗，激发爱我们伟大的民族、伟大的国家之心。在写碑林时，更巧妙地把现实和历史结合起来："我们有导游／我们的导游是那样年轻，又那样热情／仿佛专为了反衬／岁月的古老，石头的冰冷／才由她来把我们带领／一个轻松的手势／就掀过一页比石碑更凝重的往事。"这种沉重、激昂，带着深深思索的作品的出现，基调是感奋的、积极的，是诗坛上的一种阳刚之气。

综观这次诗会中的"历史诗"，我们发现一个有趣的现象，那就是尽管这些诗的取材、手法各异，但都创造出一种相似的意境。譬如说，他们各自借用骆驼、石头、波涛等来塑造我们民族的形象，表现吃苦耐劳、坚持不懈、埋头苦干的精神。在表现手法上，也都是借物抒情，似乎各自在用不同的音符为同一首词谱曲。与诗会中反映现实生活的诗作相比，这些作品明显地呈现出主题和手法的单

一来。作者的笔似乎较难再深掘下去。这里已经不仅是艺术技巧的问题，而且是诗人对生活和历史的认识能力的问题了。唯有对社会生活有自己独特的理解和认识，才能在面向历史的时候，具备马克思所说的那种鹰一般的目光。

第三届"青春诗会"期间，左起：朱雷、饶庆年、龙郁、柯平、雷恩奇、张建华合影

　　取材于历史决不能成为回避现实生活的借口，写历史决不是猎奇。在文艺界曾有过这样的现象：当把握不住复杂纷乱的社会现实时，有人就与现实相背，发起幽幽思古之情，以在缥缈的怀古中寄托自己的精神。诗人没有直面现实的精神，是不可能在他的怀古幽思中注入新的生命的。雨果说过："天才的诗人，请你把脚给我看看，让我看看你是不是像我一样脚跟沾着地上的尘土。如果你没有这种尘土……你自以为是一个天使，你其实只是一只鸟儿。"回避现实的创作态度必须鄙弃之，做有自觉意志的时代的诗人，不做没有思想的鸟儿，这就是青年诗人应取的抉择。

　　艺术个性，是诗的生命。

　　他们在探索向前，在艺术风格上他们要在彼此间不相雷同。不相雷同，就是诗人对自我的特点不断地再认识，在表现上、技巧上打下鲜明的个性印记；只有使自己的诗与别人的诗不相同，只有使自己的诗与诗之间不相雷同，个性才能出现。

　　有无数棵树，却没有两片相同的叶子。

　　虽然他们距真正形成自己的风格还有较大距离，但却在有意识

第三届"青春诗会"期间,《诗刊》工作人员与全体学员合影

地追求。对艺术个性的自觉追求,使这次诗会的作品丰富多姿。同是写工业诗,柯平的凝重与轻松交织在一起,形成一种专门表现当代青年工人复杂的心理和生活的笔调,而龙郁的洗净大工业噪音的清新和精致又把热情和紧张寓于一个"静"中。写战士生活,李钢有意用轻松快乐的笔表现冒着泡沫的海和长着翅膀的船,他追求感情的自然真切,追求想象的大胆,追求语言的节奏感。朱雷写林区生活,把老一代采参人和新一代小姑娘都放在大森林里一种浩瀚而神秘的暗影下,显得粗犷又柔和。饶庆年让江南小山村中的年轻人在细细的雨雾中轻轻隐现;而雷恩奇的北方小村却欢快地袒露在阳光之下,带着如民歌般的明朗与纯朴。表现历史,王家新惯于用凝重滚烫的语言直抒胸臆,他的像石头一样沉重的诗留下了思考的深深的痕迹;而薛卫民则有意追求一种恬淡,一种近乎口语但又凝练的

句子，把含意的深刻藏于平淡的画面之中；张建华则利用构思的巧妙，在表现历史的沉重感时又糅进今天的明朗和热情。牛波发挥自己所长，融绘画和诗歌于一炉，用敏锐的艺术嗅觉捕捉广阔得令人惊叹的丰富形象，余味绵长。而李静则善于抒写自己内心深处潜藏的感情，赋予它一种朦胧的诗意美和哲理，带着女作者特有的清新和细腻。

风格是思想的浮雕。要形成个人风格，首先要不断丰富诗人的思想，加强诗人的修养。十一位青年诗作者都急切地感到，他们现在最需要调整知识结构，使自己具有广博的知识和厚实的文学功底，这是观察和表现越来越复杂的当代生活和人们思想感情的必需，是时代发展的要求。他们认为只浏览一般刊物已经不够了，必须学习古今中外的文学遗产，学习除诗和文学以外的历史、政治、哲学、社会学，才能杜绝那些缺乏独创性的内容和抒情方式，杜绝我们今天创作中新的模式化倾向，也才有可能形成自己的艺术风格。

当然，这些诗是不尽完美的。它们的作者，由于自身修养、生活阅历的局限，对某些理论问题的认识是有些含混的，有些仅仅是感触到但并未深刻理解了的，实践上也还有较大距离，常出现一些对生活的分寸感把握不足或刻意雕琢的弊病。有的作品尚不成熟，特色也不明显，离真正形成自己的风格还相差很远。这些，都有待于青年作者们付出更大的努力。

改稿会上，作者们还指出了当前青年诗歌创作的一些缺点。如在学习和借鉴优秀作品时，只单纯模仿技巧和形式，不注重学习其内容和精神实质，因此诗歌缺乏真情实感。青年人的诗，不注重锤炼字句，不讲究语言的音乐美。有的诗句又形成了一种空洞的新套语，如：雕像、岩石般的肩、力，等等，并喜欢用凡高、德彪西、维纳斯或未经自己消化的以至不通的哲学和科技术语、名词。要克服这些弊病，青年作者必须加强学习，丰富生活知识的积累，这也是这次"青春诗会"提请青年作者们注意的重要问题。

青春诗会

第四届

1984

第四届（1984年）

时间：
1984年5月1日~21日

地点：
北京北郊大羊坊村

指导老师：
赵　恺、王燕生、流沙河、寇宗鄂

参会学员（9人）：
马丽华、田家鹏、刘　波、余以建、金克义、张丽萍、胡学武、廖亦武、张敦孟

四届"青春诗会"与会者摄于定陵。前排左起：田家鹏、张敦孟、廖亦武、刘波；后排左起：丽华、张丽萍、余以建、赵恺（指导老师）、胡学武、金克义

诗人档案 马丽华（1953~ ），女，出生于山东省济南市，籍贯江苏省邳州市。1976年开始发表作品，1984年参加《诗刊》社第四届"青春诗会"。1985年加入中国作家协会。著有诗集《我的太阳》，散文集《追你到高原》《终极风景》《西藏之旅》，长篇纪实散文《藏北游历》《西行阿里》《灵魂像风》，以上三部长篇合集为《走过西藏》。"老房子"系列《西藏寺庙与民居》等专著。多部作品在香港、台湾出版繁体字版，被译为英、法文出版。曾获西藏珠穆朗玛文艺奖、中华文学基金会庄重文文学奖、第四届老舍文学奖、中宣部"五个一工程"奖，《走过西藏》获1997年全国优秀畅销书奖等奖项。2008年获"全国新闻出版行业领军人才"称号。

日 暮

马丽华

隔着遥遥的时空之距
凝视
目光交流以宇宙的语义
或许还该唱支送别的歌
请灰天鹅做信使衔上它

金色地融入夕光
或许该实现非分之想了
将那小船驶往黄金的岸
每天经历爱的潮汐
感情也变作大海

悲壮之美

静穆之美
别了,我的太阳
摇动晚霞斑斓的手帕
一路珍重

牧歌唱晚
我叹息心中的宁静
遂关闭心扉步入恒夜的相思

谁耽于幻想而倦于守候
谁就不免错过
夜,只为缄默等待而夜
不再吟咏月光,再不吟咏
那片容易迸裂的薄薄的冰

从未相许的是我的太阳
永不失约的是我的太阳

青春诗会·组诗《我和太阳》之一

引而不发

日暮

隔着遥之的时空之距
凝视
目光交流以宇宙的语义
或许还该唱支送别的歌
让灰太狼微信传信吧

金色地融入久本
或许该实现那分之想了
将小船驶向黄金的岸
曾之经历营的潮月汐
感悟也等作大海

生姓之美
持祷之美

别了，我的太阳
挥动晚霞斑斓的手帕
一路珍重

牧歌唱晚
我以忧心忡忡守候
遂关闭心廊寄入短笺和吻

谁驶于幻觉而倦于守候
谁就不是诱惑
在，以沉默等待雨夜

从未期许的是我的太阳
永不失约的是我的太阳

　　　　　1984·3·拉萨
　　　　　1984·5·北京
　　　　2020年7月10日抄于北京

诗人档案 田家鹏(1962~),重庆市忠县人,媒体从业者。1983年毕业于西南师范学院(现西南大学)中文系。1983年在《诗刊》发表处女作《继母》,获《诗刊》社当年优秀作品奖。1984年参加《诗刊》社第四届"青春诗会"。曾两次获福建省文学奖。现居厦门。

风吹皱了时间

田家鹏

风吹皱了时间
船的忧郁无法诉说

这是一只受伤的船
搁浅在岸边
看不到她的伤口
她的心在滴血吗?

船是为水而生的
离开了水
船只能无望地活着
每一秒都在浪费生命

近在咫尺的海

为船着急
波浪是海的手指
这是天底下最温柔的手指
它努力向岸上延伸
无限接近，无限可能
却始终够不到船

海和船，都不能忘记
那曾经有过的深情拥抱
他们一起经历过飓风
海托着船
走过最黑暗的岁月

海不肯放弃船
可退潮的时刻到了
万般不舍的海
一步一回头
而命运让他们越来越远

时间的皱纹散开了
船的眼里
转动着两滴清泪

风吹皱了时间

田永明

风吹皱了时间
船的忧郁无法诉说

这是一只受伤的船
搁浅在岸边
看不到她的伤口
她的心在滴血吗?

船是为水而生的
离开了水
船会绝望地活着
每一秒都在浪费生命

正是思念的海
为船着急
波浪是海的手指
这是天底下最温柔的手指
它努力向岸上延伸
无限接近,无限多的
却始终够不到船

海和船，都不时忘记
那曾经有过的深情拥抱
他们一起经历过风雨
海托着船
走过最黑暗的岁月

海不肯放弃船
可退潮的时刻到了
万般不舍的海
一步一回头
而命运让他们越来越远

时间的缝隙敞开了
船的眼里
转动着两滴清泪

             2018.5.24
             2020.5.12 抄

诗人档案 余以建（1953~   ），出生于四川成都。四川大学社会学研究生毕业，四川省作协会员。20世纪80年代初开始诗歌创作，参加《诗刊》社第四届"青春诗会"。在《星星》《诗刊》《人民文学》等全国数十种刊物发表诗作一千余首。获四川省文学奖、《北京文学》奖等十余种文学奖项。2000年开始小说创作，已出版《死者的眼睛》《背后有人》《空宅》《失忆者》等十余部长篇小说。其作品多数被改编为电影或电视连续剧上映。

又见远山

余以建

因为远，这些来自梦中的
额头和肩膀，横亘天边
我爱你们，如同爱我自己
和我的妻儿
天空是有呼吸的
浩荡或轻微，远山也是

远山是一种暗物质
有过墨色的阵痛与分娩
带着腥味儿的兽群
因一种抚摸而安静谦卑
远山不远，就在我的
拇指和食指之间

生活在别处
星转斗移时,望一眼远山
飞鸟的针线正为远山织衣
天下仍有人知道我的冷暖
这天边的寂静之枕
佑护着我们的喜悦和安宁

又见远山

　　　　　　余以建

因为远，这些来自梦中的
额头和肩膀，横亘天边
我爱你们，如同爱我自己
和我的妻儿
天空是有呼吸的
沙漠或经幡，远山也是

远山是一种暗物质
有过墨色的阵痛与今晚
带着脏娃儿的梦寐
用一种抚摸而无辞灌早
远山不远，就在我的
拇指和食指之间

生活在别处
坐在书桌时,望一眼远山
飞鸟的针线又为远山织衣
天下仍有人知道我的冷暖
这天边的寂静之托
佑护着我们的歌咏和安宁

2020.6.21.

诗人档案

金克义(1952~),吉林舒兰人。1975年开始发表作品。中国作家协会会员,1984年参加《诗刊》社第四届"青春诗会"。在《人民文学》《诗刊》《中国作家》《青年文学》《作家》《萌芽》《星星》及《人民日报》《解放军报》等报刊上发表过作品。出版有诗集《抒情染色体》《春花秋月》,散文随笔集《男人的太阳女人的月》等。曾获《诗刊》《人民日报》等奖项二十余项。

在这片土地上

金克义

在这片土地上我生活多年
一些淡水陪我度过清平岁月
一朵山花成为老友
一座青山为我提供了
足够的高度和风骨
我在这片土地上打鱼摸虾
使用前辈的方言
唱着月牙五更调儿
唱着唱着就不想去远方了
松江中路就是远方
文庙夜市就是远方
江南公园和金珠花海就是远方
我的远方在不远的地方
在平湖清夏、松花江上

在这片土地上，我爱鸟语
一朵雪花就是我的情人
一叶小舟就是我的知己
一杯老酒就可以灌醉黄昏
我和呼啸的北风眉来眼去
我和处暑的高温同床共枕
在祖先的瓜棚豆架之下
放飞清高，携诗自重
以老守田园为美
我是吾乡吾土的歌者
横街竖巷的灵魂
在北山脚下，庙会
正在书写我的民间信仰
酒肆茶园，总是飘出
没有目录的清香
餐桌上一尾鲤鱼忽然跃起
掀起松花湖的巨浪
面对去海南置业的人
我无悔自己的目光短浅
甚至是坐井观天
我希望在这片土地上
找个无声无息的地方
把简单的日子过得轰轰烈烈

在这片土地上

在这片土地上我生活多年
一些淡水陪我度过清平岁月
一朵山花成为老友
一座青山为我提供了
足够的高度和风骨
我在这片土地上打鱼摸虾
使用前辈的方言
唱着月牙五更调儿
唱着唱着就不想去远方了
松江中路就是远方
文庙夜市就是远方
江南公园和金珠花海就是远方
我的远方在不远的地方
在平湖清夏、松花江上

在这片土地上,我谙鸟语
一朵雪花就是我的情人
一叶小舟就是我的知己
一杯老酒就可以灌醉黄昏
我和呼啸的北风眉来眼去

我和处暑的高温同床共枕
在祖先的葡萄架之下
放飞清高,携诗同重
以恭字闲闲为美
我是吾乡吾土的歌者
横衔坚荐的灵魂
在北山脚下,狮会
正在书写我的民间信仰
涵肆茶间,总是飘出
没有目录的清香
餐桌上一尾鲤鱼忽然跃起
掀起抚仙湖的巨浪
面对去海南置业的人
我无悔自己的目光短浅
甚至是坐井观天
我希望在这片土地上
找个无声无息的地方
把简单的日子过得轰轰烈烈

　　　　　　　　　　金克义

诗人档案 张丽萍(1955~),女,祖籍湖南祁阳,生于广西宜州。出版了诗集《南方,女人们》《昨天的月亮》《广西当代作家丛书——张丽萍卷》,纪实文学《在世纪阳光下》《现代大禹》,剧本《西江水影》《龙母的传说》等。曾获广西首届文艺创作铜鼓奖、广西剧展优秀剧本奖、中国戏剧文学奖剧本奖等奖项。参加过全国青年作家代表大会和《诗刊》社第四届"青春诗会"。

石榴妈

张丽萍

你女儿是石榴花开时生的
所以你有一个花一样的名字
挂在全村人的口上

其实,你早开过花了
现在,是躲在密密的枝桠间
躲在浓浓绿绿的希望里
躲在红红火火的向往中
为充满玲珑秀气的南方乡野
为石磨般旋转着的悠长日子
镀一层痴痴迷迷的芬芳

清晨,山村还在梦里
你就起来了,轻手轻脚

井边，两只木桶吊几声鸡唱
灶门口，划一根火柴
点燃温馨的炊烟
点燃开始流汗的匆忙

南方的天老是多雨
雨丝缠绵而又清凉
你竹叶编织的斗笠
像石榴花一样常常戴在头上
到田野，在山岗
即使会有突然而来的暴雨
你的心却永远晴朗

你喜欢穿深颜色的衣裳
上面缀着你亲手纫成的布扣
（也像石榴花形状）
你总打着赤脚
把宽宽的蓝裤脚挽起

这样方便，到河边洗衣
下水田插秧
你赤脚走到哪里
哪里就生满一片春光

在你默默无闻的劳作里
你的女儿，终于石榴花般开放
她到大学里念书了
（胸前有一朵比石榴花还美的徽章）
望着她闪出那片甘蔗林
你的心里就流出了蜜糖

石榴妈，石榴妈
你自由自在地
走在你开遍石榴花
结满石榴果的村庄

石榴妈

你女儿是石榴花开时生的
所以你有一个花一样的名字
挂在全村人的口上

其实,你早开过花了
现在,是躲在密密的枝柯间
躲在浓浓绿绿的希望里
躲在红红火火的向往中
为充满玲珑秀气的南方乡野
为石磨般旋转着的悠长日子
镀一层痴痴迷迷的芳芳

清晨,山村还在梦里
你就起来了,轻手轻脚
井边,两只木桶吊几声鸡鸣
灶门口,划一根火柴,

点燃温馨的炊烟
点燃开始流汗的奴忙

南方的天老是多雨
雨丝缠绵而又清凉
你竹叶编织的斗笠
像石榴花一样常绽放在头上
到田野、在山岗
即使会有突然而来的暴雨
你的心却永远晴朗

你喜欢穿深颜色的衣裳
上面缀着你亲手勾成的布扣
（也像石榴花形状）
你总打着赤脚
把宽宽的蓝裤脚挽起

这样方便，到河边洗衣
　下水田插秧
你赤脚走到哪里
哪里就生满一亨春光

在你默默无闻地劳作里
你的女儿，终于石榴花般开放
她到大学里念书了
（胸前有一朵比石榴花还美的徽章）
望着她同出那片甘蔗林
你的心里就流出了蜜糖

石榴妈，石榴妈
你自由自在地
走在你开遍石榴花
结满石榴果的村庄

　　　　　张新祥 写于1984北京大羊坊
　　　　　　　抄于2020 枝叶漫卷的都

诗人档案 胡学武（1957~　），生于山东昌邑市湾埃村。山东作家协会会员、山东戏剧家协会会员。1980年开始在《诗刊》《星星》《山东文学》《飞天》《绿风》等几十家报刊发表诗歌和剧本。1984年参加《诗刊》社第四届"青春诗会"。作品曾多次获奖。《升帆》《沉船》《垦荒》被收入《中国新诗萃》《中国乡土文学大系》《中国当代青年抒情诗三百首》《中国当代青年爱情诗选》等诗选。并创作有歌剧《海韵》，歌舞剧《大海作证》，现代吕剧《生命如花》等并多次获奖。

齐　国

胡学武

今夜，以梦为马
载你驰回我云蒸霞蔚的齐国
昔年的宫阙已经修葺一新
新铸的刀币还散发着青铜的温热

这里不但有济世匡时的管仲
还有爱马如命的君王
孔丘至此闻听韶乐成了圣人
街道上奔驰着华丽的马车

倚着春风，看雄性勃发的男儿蹴鞠
看台上还偃卧着病重的东莱球迷
长街之上，年轻的女子花枝招摇
谁也不肯在黄昏夕阳里垂垂向老

现实因历史而灵动
在这片膏腴厚土上你注定大有作为
你可以倾城倾我
但你不能倾我煌煌齐国

我知道，你不甘于汹涌的夜色将梦湮灭
我把你姣好的容颜在博山的陶坯上描摹
荆棘的烈焰燃烧着胸膛般的瓷窑
你的影像被烧制成名贵的挂盘

现在，将你心灵的锦绣铺陈在沃野
远离宫廷的夜弦笙歌
让我们耕种在牛山之上
忠守着故国的朝霞和晚烟

齐国

胡学武

今夜，以梦为马
载你驰回我云蒸霞蔚的齐国
昔年的宫阙已经修葺一新
新铸的刀币还散发着青铜似的温热

这里不但有济世匡时的姜尚
还有爱马如命的君王
孔丘至此闻听韶乐成了圣人
街道上奔驰着华丽的马车

倚着春风，看雄性勃发的男儿蹴鞠
看台上还偃卧着病重的东莱球迷
长街之上，年青的女子花枝招摇
谁也不肯在黄昏夕阳里重重问老

你看那人声鼎沸之处就是稷下学宫
来来去去

诸子百家在这里争鸣

现实因历史而灵动
在这片膏腴厚土上你注定大有作为
你可以倾城倾我
但不能倾我煌煌齐国

我知道，你不甘于汹涌的夜色将梦湮灭
我把你姣好的容貌在博山的陶丕上描摹
荆棘的烈火焚烧着胸膛
你的影像被烧制成名贵的挂盘

现在，将你心里的锦绣铺陈在沃野
远离宫庭的夜弦笙歌
让我们耕种在牛山之上
忠守着故国的朝霞和晚烟

诗人档案 张敦孟(1952~),山东淄博人。1973年开始发表作品,活跃于20世纪80年代诗坛。1982年加入中国作家协会山东分会,1984年参加《诗刊》社第四届"青春诗会"。在全国近百家报刊发表诗歌、散文、评论等近千首(篇)。主要作品见于《诗刊》《山东文学》《萌芽》《青春》《绿风》《黄河诗报》等。部分作品入选十余家出版社的选集或在央视演播,获省级以上奖项十余次。

近视者

张敦孟

他的眼睛
近视得厉害

纸页上
那些蚂蚁般蠕动的字迹
他看不清楚
却能看清楚
那些字迹背影的意义

田野里
那几只翩跹而舞的蝴蝶
他看上去模糊
看不模糊的
是那蝴蝶们要飞往何处

同样是卧伏在密林里
视力超好的同伴们
还什么也没有发现
砰——
他先一枪击中了猎物!

近视者

张敦孟

他的眼睛
近视得厉害

纸页上
那些蚂蚁般蠕动的字迹
他看不清楚
却能看清楚
那些字迹背影的意义

田野里
那几只翩跹而舞的蝴蝶
他看上去模糊

看不模糊的
是那蝴蝶们要飞往何处

同样是卧伏在密林里
视力超好的同伴们
还什么也没有发现
呼——
他先一枪击中了猎物！

2019年5月18日写
抄于2020年5月17日

羊鸣随笔

流沙河

甲子孟夏,赵恺、王燕生、我、寇宗鄂(合称赵王流寇),作为《诗刊》改稿会的工作人员,有幸陪伴九位年轻诗友,在北京北郊的大羊坊村,度过三七二十一天。大羊坊村在北郊的边缘,地处偏僻,离城三十华里,往返不易。到这里来开改稿会,倒很不错,既可免于频窥闹市,又有利于息交绝游,正好安下心来写诗谈诗。看这村名,以为此地大有羊群。住了几日,未见着一只羊。又住了几日,才发现四只老羊领着九只小羊,圈在村中某厂招待所内,朝朝暮暮彼彼此此咩咩哞哞,其声颇协韵律,其义颇合诗教。偶有一二只小羊叫得离了谱,三四只小羊叫得走了调,老羊们便要跑过去鸣几声,示一个范,纠一个正。不过都是和颜悦色,虚心研讨,以理服羊,绝无猖猖之词。待到二十一天既满,临岐唱骊,大家都有些依依难舍了。

这样的改稿会,我看好处有四,一是节省财力,二是利出作品,三是提高诗艺,四是联络感情。作为工作人员,我有两大收获:一是感染一些年轻人的青春气氛,免得自己迅速老化,二是了解一些年轻人的写诗状况,利于做好编辑工作。

现在,改稿会毕,人去楼空,独自展读九叠诗稿,欣然忘食。同这九位年轻诗友混熟了,重读他们的诗,自然有深一层的认识。可惜分手匆促,来不及聆听赵恺、王燕生、寇宗鄂三位同志的意见,以纠正我的偏失。个人一孔之见,或有抑扬不当,剖析欠妥,在所难免。好在诗已刊载出来,读者不妨自去评价。

马丽华的《我的太阳》堪称内秀外雄。写得情愫绵绵,是为内秀。写得光辉熠熠,是为外雄。内秀外雄,相反相成,便是独创。地球上第一个赋太阳的诗人是我们的屈原。屈原写了《东君》以后,太阳就成为"永恒的主题"。皎皎一球热核聚变之火,万古常新,使代代的诗人仰天便得灵感,而灵感所引起的联想各不相同。马丽华的太阳不同于其他人的太阳,那是一位女性心目中的太阳。当然,作为光明伟大的象征,她的太阳和别人的太阳没有什么不同。不过诗的意象毕竟贵在立异,而不贵在求同。所以我说《我的太阳》写得不错。诗中有些奇想给读者留下难忘的印象,例如她要伸举双臂,背靠朝暾,拍一张逆光的黑色剪影照片,便是。这次改稿会上,读了马丽华的一本诗稿,有些想法,顺便说说。她的诗作可以分为两类:一类重在反映客观存在(藏民生活),一类重在表现主观意识(个人生活)。当然,重在客观反映的诗中也有主观表现,重在主观表现的诗中也有客观反映。反映物,表现我,正如一叶之有两面,不可判然分开。凡是诗,皆如此。那些着重反映物的,谓之现实主义。那些着重表现我的,谓之浪漫主义。在马丽华,短于前者,长于后者,她的那一类重在反映客观存在的诗写得差些,她的那一类重在表现主观意识的诗写得好些。目前状况如此、将来怎样发展,难说。有的人长于反映物,有的人长乐表现我,泥鳅黄鳝不能拉成一样长,相

指导老师王燕生(后排左)、赵恺(后排右)与学员们在十三陵水库

信"天生我材必有用"好了。或长于反映物,或长于表现我,决定我个人的气质和素养,或看重反映物,或看重表现我,"受制于一个时代的风尚和需要"。愿马丽华有以自择方做到扬长避短,正如她在《我的太阳》中所做的那样。

田家鹏的《守望(外二首)》写得有情有趣。读者能在《守望》和《那一记耳光》里认识作者和作者的父亲——一位老农,并能直觉到他们父子之情竟也和时代的变革息息相关。诗中这样的我不是"小"我,这样的父亲也不是"小"父亲。大小之别原本不在人称的复数和单数。诗思苍白,诗情虚假,任你滥用"我们""他们",还是"小"的。那么该说诗中的那个我和那个父亲都是"大"的了!也不。因为田家鹏不想放大他自己和他的父亲,他只是纪实罢了。大小之别在这里没意义,我宁愿说他们是典型的。有情有趣的有自传色彩的纪实之作,人一生不可能写许多。田家鹏还宜提高自己构思想象的能力,发展自己状物写情的笔力,以开拓自己的诗之领域。《你的名字》写得也有情趣,从一个点(那个队长)折射出中国农村这几年的变化。那个队长是个好人,有些落后,毕竟可爱,也算是一个典型吧。我万分拥护现今党在农村中的政策,并坚信这个政策已在广阔的田野上催出一片新绿。我认为诗人应该从自己的感受出发,通过自己独特的构思和想象,热情地去歌颂这个政策。可是,作为读者,我不想读那些仅仅向我们证明"彼处形势喜人"的农村题材诗。我和绝大多数中国人一样,回顾了几十

第四届"青春诗会"期间,前蹲者为田家鹏,站立者左起:张敦孟、刘波、金克义、马丽华、赵恺一行于十三陵合影

第四届"青春诗会"期间,余以建、张敦孟、田家鹏、刘波(左起)在中山公园留影

第四届"青春诗会"期间,男学员们一起合影

年切身的感受和经验,坚信现今党在农村中的政策好得很,不需要别人来向我"摆事实""讲道理""打通思想"。何况我天天读《人民日报》,农村好,我知道。你去向那些思想不通的人证明吧。奈何那些人又不读诗,也许还不读《人民日报》呢。田家鹏的这三首农村题材诗不属于那些仅仅向我们证明"彼处形势喜人"之类的费辞,虽然写得不太好,我也感到满足了。

刘波的《年轻的布尔什维克(组诗)》是续篇。他用同一题目在《诗刊》1984年4月号已发表过三首诗了。这些诗都是写共青团工作的,题材的领域新,意义大,所以引人注目。诗本身也不错,有一脉天真的稚气波动在诗情里,遂成美感,招人喜悦。刘波有着挺可贵的政治热情,敢于走入人迹罕至的题材的新领域——这新领域,在他,又是最熟悉的(他是共青团某机关工作人员)。在这次改稿会里,他是最年轻的,开会第二天刚满二十岁。年轻,富有春秋,贫于体验,先从自身周围日常见闻写起,这样很好。不要一来就是大海呀宇宙呀一个梦落入露珠里又被蝴蝶衔去了呀如此这般的。尤其不要唱垂老腔哼厌世调,唱了哼了精神仍然挺好,能吃能喝能睡,这样写诗最没出息。刘波不是这样,将来也不要这样。他的文字功夫还差,语句拖沓,有待努力克服。改稿会结束后,他进城去买了一大包书。总结会上,他说:"最大的收获是发现了自己的浅薄!"只有聪明人才说这种话,我想。

余以建的《改革者及其他(组诗)》一共七首诗写得都挺有意思。《改革者》用深涵的激情和奇妙的意象表现了中国现今千千万万的改革者在作者心目交射成的一个聚合形象和作者对这个聚合形象的敬爱。与此作为对照,《守旧者》用诙谐的情趣和滑稽的意象表现了那些僵化的守旧者在作者心目中交射成的一个聚合形象。作者寓谴责于表现之中,不再费辞去说他了。其余五首,《我们是什么》表现当代中国人民群众生机勃勃的风貌,《呼应》表现作者自己成熟的心境,《夏天感觉》表现这火热的改革时代,《事实或者幻想》和《远山》表现当代青年追求进步的心情和追求美的愿望。这些表现,同《改革者》和《守旧者》的表现一样,都是通过作者心目中交射成的聚合形象去完成的。作者长于并且重在表现主观意识:一当然是积极地反映了客观存在的主观意识。反映物也好,表现我也好,恐怕都只是方式的问题,要紧的是作者自己的思想精神状态。思想精神状态欠佳,反映物便成了挂流水账,表现我便成了自我表现,都不足取。余以建的这些诗具有积极的浪漫主义色彩,感情含蓄,意象飘忽,耐人寻味。

金克义的《两半球消息(组诗)》取材自国际时事,作者放眼全球,潜心研读这动荡的世界,关注着人类的和平进步事业,以可贵的热情写了几十首诗。由于缺少机会听取读者意见,这些诗一般说来写得欠佳,落入报道加批判的公式。这三首是其中最好的,富有诗意,尤以《两鲸相撞》为妙。作者有志于写国际时事题材的诗,还宜在研究世界风云的同时也研究研究诗艺。披露在报上的国际时事,一般说来,知性的材料多,感性的材料少,重意义而不重形象,很难把它们有头有尾地诗化成篇。纵然把它们有头有尾地诗化成篇了,读者也未必就爱看。益智广闻,他可以去读新华社电稿,还有《参考消息》,五个W一个H比诗详细多了。所以,要写国际时事题材的诗,就得另辟

在十三陵神路。左起：马丽华、金克义、田家鹏、张丽萍、胡学武、张敦孟、廖亦武、赵恺、刘波、佘以建

蹊径，舍弃"翻译"，转求发现，到国际时事新闻的字里行间空白处去发现有诗趣的形象，通过想象，调动激情，演义成篇。在新闻中不可或缺的交代材料，在诗中不一定有用处。在新闻中不重要的细节，在诗中说不一定大有用处。诗与新闻，岂但形式不同，内容亦有异焉。这次改稿会上，金克义说："到这里来学习，眼界大开。现在觉得诗难写了。"河伯满足于秋水，入海而望洋兴叹，便是提高的开始。九位年轻诗友，他算是老大哥（32岁）。其为人也，端庄而有风趣，又极好学，会有成的。

张丽萍的《南方的女人（组诗）》写得颇有情趣。一位山村农妇，一位女招待员，一群棉纺女工，在作者含情的观照中，都有活跃的形象可睹。客观的反映（写象）和主观的表现（抒情）经纬地交织着，而又重在前者，这样也能够写出好诗来，这一组诗便是一例。可知诗无常法，因人而异，也因素材而异。某法长，某法短，不宜说死。合脚便是好鞋，啃脚便是坏鞋。各人穿各人的，不必见异思迁。当然，样式花色是否美观，也该考虑。古人的木屐和高靴，当时合脚，如今纵然合脚，谁穿。时代进步了，鞋艺丰富且更新了，复古不行。如果有某女士赠给我高跟鞋，我便勇敢穿上，同样不行，庄周说："忘脚，履之适也。"某法能使你一点也不感到别扭，甚至忘记了是在那里"做"诗，那便是好法了。

张敦孟的《在旱冰场边（外一首）》以自觉的热忱描写了采煤工两代人丰富的内心生活。因袭于旧观念，可能有一些人瞧不起采煤工。这种旧观念对现代化不利,应该通过具体措施和宣传工作予以消除,作者主动地去赞美采煤工,这种自觉性是很可贵的,诗本身也可以,就语句结构还有待琢磨。像这样的三行"他忽然想到／该给自己当了截煤机手的小儿子／买一双漂亮的旱冰鞋了"是不是太散了呢?两首诗都是用很散的语句写成的,显得少色少姿。像"然而,我没有驻足""是的,我要去赴约会"这样的语句,在语气上是不是太做作了呢?胡学武的《升帆(外二首)》写得不错。《升帆》的庄严感,《沉船》的悲壮感,《拉网小调》的紧张感,又仿佛听见喊声风声浪声,渔民的豪情通过作者主观的感觉得到了很好的表现。作者的灵视力很活跃,致使意象繁富,多色多姿。又有一些象征味道,升帆—拉网—沉船,壮丽的人生三部曲。三首诗中还有个别不太好懂的语句,有待克服。初稿很差,有些语句晦涩,有些段落简直莫名其妙。四只老羊向着他叫了好一阵。他只微笑,红着脸聆听,然后用他那我听不懂的齐国土语解释一番。他改得很认真,听取意见以后,总是自出心裁,不像个别小羊,一味顺从老羊。这样改出来,果然很不错。作者性格内向,气质耽于幻想,写起诗来往往一任意象牵着鼻子跑,"泛若不系之舟",不知漂向何处。这样就容易弄出莫名其妙来。以后写诗,愿他把稳理性之舵,以免触礁。

在天安门广场。左起:胡学武、田家鹏、张敦孟、刘波、廖亦武、余以建、金克义

廖亦武的《大盆地(外三首)》写得不错。四首诗连在一起看,粗犷豪迈,巍然有势,可以振奋精神。冷静细察思想意义,也挺不错。明晰程度,同他以前的诗作相比较,大有提高,可喜可贺。以前的诗作,语句多疙瘩,而现在的流畅多了。作者有一股牛犊劲,不像小羊。

望他今后注重学识修养，当能写出更好的诗。

以上九位诗友，排列名次先后，一以姓氏笔画为序。这样就不存在忠义堂排座次的问题了。(这也居然是一个问题！)就诗而论，这次改稿会收获很不错。同志们遵守纪律，团结和睦，相促相助，思想上的收获更超过版面上的收获。回想每日黄昏，群羊漫步溪堤，高树来风，杨花扑面，笑语不绝，实在有趣。而夜窗灯下，发愤改诗，情潮涌荡，意象飞腾，生命闪光，都将成为诗途上的珍贵记忆。

开会在大羊坊村，十二生肖我又属羊，故以《羊鸣随笔》为题。会已结束，各位同志不妨人性复归，让我独自继续做羊好了。咩咩，再见。

　　　　　　　　1984年5月23日在北京西郊机场招待所

青春诗会

第五届

第五届(1985年)

时间:
1985年8月5日~20日

地点:
贵州贵阳—遵义

指导老师:
宗 鄂、郑晓钢

参会学员(12人):
张 烨、王汝梅、孙桂贞、唐亚平、陈绍陟、刘 敏、杨争光、何香久、王建渐、何铁生、胡 鸿、华 姿

第五届"青春诗会"与会者仅留存的一张合影。前排左起：唐亚平、胡鸿、孙桂贞（伊蕾）、刘敏；后排左起：何铁生、叶笛、郑晓钢、陈绍陟、寇宗鄂、华姿、张烨

诗人档案

张烨(1948~　)，女，生于上海。系中国作家协会会员，上海大学教授。1965年开始诗歌创作，1982年发表作品，1985年参加《诗刊》社第五届"青春诗会"。已出版六部个人诗集、一部散文集。诗集《鬼男》由爱尔兰脚印出版社翻译出版并应邀出席在都柏林举办的首发式。曾参加在奥斯陆举办的"中挪文学研讨会"。部分作品被译介成八国文字。入选三百余部诗选集及多种文学性辞典。约有五十余篇评论张烨诗歌的专题论文。

高原上的向日葵

张　烨

你爱这一片辽阔无际的红土地
瞧你挥洒的金色情感
辉煌又漂亮，馨甜
如同婴儿笑唇的乳香

有谁知道你的忧伤呢
鲜红的忧伤流淌在躯茎
沉淀在根须
默默地渗透土壤，高原微微震颤

在你的转盘里嵌满的全都是
灰黄色的小茅屋
旋转，强烈而飞速的节奏
向着太阳旋转着你的痛苦和希望

当阴暗的天空没有一丝阳光
当你嫌一个太阳还太少
你的每一个转盘都变成了太阳
千万头金狮腾云狂舞
高原的天空燃烧得火辣辣的
金红的喧响格外悲壮

你深信每一个茅屋都将是宫殿
从茅屋里走出来的人
个个都是帝王

高原上的向日葵酒罐

你爱这一片辽阔无际的红土地

瞧你捧洒的金色情感 辉煌又深邃

磐钟 灯同婴儿笑唇的乳香 有谁知道

你如呢伤呢 鲜红的忧伤流淌在躯壳

沉浸在根须默默地渗红土壤 高原

微微裹颤 在你的轻舟里颠簸的金

都是无声色的小茅屋 摇船 摇到富

飞速的节奏 向着太阳旋转着你的疯狂
知希望 古铜脸的天空没有一丝阳光 当
你嫌一个太阳还太少 你能追一千颗更大的
了太阳 千万头金狮腾云驾雾 狂舞欢笑的天
空 燃烧得火辣辣 的金红的喷烟辣头热壮
你深信母亲茅屋都惮是宫殿 从芳屋
里走来年少的 你新的生命

一九八五年八月写于贵州 第五届全国青春
诗会 二〇二〇年元月抄

诗人档案

王汝梅（1962~　），女，生于山东诸城。吉林省作家协会会员。参加过《诗刊》社第五届"青春诗会"，曾在《诗刊》《星星》《花溪》《诗人》《诗选刊》《诗潮》等十多家刊物上发过作品三百余首。作品入选《中外现当代女诗人诗歌鉴赏辞典》《诗人年鉴》《女诗人诗选》等十多部选本。近几年又在多个平台发表新作近百篇。

思念，是一只风筝

王汝梅

窗外飞雪
心底的寂静起了风
暮年的门前
堆积着岁月
只为放飞的鸟儿
守住归程

斜阳淹没在苍茫里
无法照亮暗夜里的梦
许多牵挂
在思念的翅膀上
有些沉重

盼，成为生命的常态

山高水远，一别一迎
空城，装不下一朵花的盛开
闹市，留不住一棵树的凋零
唯有岁月的白发
长长地牵着远方的风筝

思念，是一只风筝

王淑梅

窗外飞雪
心底的寂静起了风
尘封的门前
堆积着岁月
只为放飞的幻儿
——守候归程

斜阳
　　　淹没在苍茫里
无法照亮
　　　暗夜里的树
许多牵挂
在思念的翅膀上
　　有些沉重

盼，成为生命的常态
山高水远
　　 一别一迎……

空城
　　 装不下一朵花的盛开
闹市
　　 留不住一棵树的凋零
唯有岁月的白发
飘在岁月深处
长久地牵着
　　 一缕亲情

当燕子掠过庭院
远山横卧夕阳时
总会想起
　　 一棵芦苇
　　　　 在远方的身影

诗人档案

唐亚平(1962~)，女，四川通江人。1983年毕业于四川大学哲学系。1983年开始发表作品。1985年参加《诗刊》社第五届"青春诗会"。1995年加入中国作家协会。著有诗集《荒蛮月亮》《月亮的表情》《唐亚平诗集》。编导专题片《古稀丹青》《山之魂》《山之灵》《山海长虹》，均已录制播出。发表诗歌、小说、散文、随笔1000余篇(首)。作品获1984年贵州省文联优秀作品奖、1994年庄重文文学奖等奖项。电视片撰稿和新闻撰稿曾获国家广电部、中央电视台、贵州省等多项奖项。

我就是瀑布

唐亚平

我率领山民们化为瀑布挣脱沉重的压抑
在悬崖上铺展液体的狂风张开宇宙的声带
代表整个高原的磅礴
代表群山蕴含的激情和心愿
哭诉高原巨大的沉寂深厚的痛苦
歌唱整个高原的想象和性格

我就是瀑布
在沉睡的梦的边缘截断阴河
变成疯狂的裸女
谁也不敢亲近我谁也不敢占有我
雷霆也不敢逞威狂风也不敢挑逗
云彩也不敢献媚苍鹰也不敢炫耀
我是个悲愤得癫狂的女人

蔑视天空蔑视大海蔑视太阳和月亮
蔑视没有声响的力量和思想
我是高原女人是十万大山慓悍的妻子
我的悲愤是高原的悲愤
我的压抑和痛苦是整个高原的压抑和痛苦
我控诉整个高原沉重的贫瘠和冷落
我歌颂整个高原的崇高和悲壮
然而高原一动不动
以他永恒的稳重和安详
抚慰我变成一条河
在狂暴的闹腾后
静静地躺在幽深的山谷
环抱山的倒影清亮地醒来
我整天整夜地仰望山
直到它们成为魁梧的男子汉
成为苍翠的喀斯特在岩溶的高原上
以固执的爱情盘根错节
穿透石灰岩缝合断层缝合大峡谷

我迫不及待

迫不及待用瀑布的乳汁哺育他们

不容忍一个世纪的犹豫和迟缓

我和红土一样

有情不自禁的创造欲生产欲

我和高原一样

有着崇高的责任和使命

我是高原女人

不容忍一千年失落一个沉闷的姿态

为了高原太阳般完美的高贵和雄伟

敢于放弃一切放弃一切

为了从石头里繁衍森林般健壮的山民

敢于战胜一切战胜一切

我就是瀑布

挣崖开个蕴诉的
布是张整群笑厚原
瀑在风表深高
为狂代代医
化抑的心沉整个
民巫体带磅和的唱格
山的液声磅情
颂重展的激巨
率沉铺宙原的原苦
我跳上字高含高痛想

的变不有苍个蒙
瞳也占媚是
沉河谁敢献我人
在阴女也不耀的女
布截裸谁也敢狂
瀑缘的我彩敢颠
是边狂
就的疯近么不
的疯亲也愤

我梦成象我鹰趣

太声是抑压个苍茫一锭或腾亮地为苍高

禾有我山愤压的原的变闹清夜成为的

羲没大越的原诉和原高恒我的影整们成溶

海尔想万的我高控齐高而永毁暴倒天官

大羲思十我个我贫个然他抗狂的整到汉岩

永和是我愤整以在山我盘子特在

羲亮量人子悲是苦童颂壮祥抱个男斯

空月力女妻的苦痛沉歌悲劲安河环来山的喀

天和的原空的原痛我和不和条醒望格的

永阳响高悍高和抑高高劲重一右地仰魁翠

盘缝待们犹一进有命忍的般敢平会录

情岩各及他的土创使昏闷阳切亚诗抄

爱灰峡不育纪红的样和不流太伟一唐春月

的石嗯迫哺世和葉一仕个原雄奔

执迢大计个我自原责人一高和放五年七

固穿合待乳一不高的女落了贵切八〇

以缝及的忍缓情和高原失为高一

节辰不布客迟有我崇高年的奔　一九

上错断追漫不知着是千态美放　二〇

原根合我用豫样欲要我一姿完于

诗人档案

陈绍陟（1962~　），出生于贵州纳雍县，穿青人。1983年参加主持成立成都市大学生诗歌艺术联合会（联合会会刊《第三代人》），同年开始陆续在《星星》《诗刊》《中国》《诗选刊》《开拓》等刊发表诗歌及其他作品。1985年参加《诗刊》社第五届"青春诗会"。1986~1988年在贵州省作家协会从事专业诗歌创作。1989年初出版诗集《生命的痛处》。

今天，依然是一天

陈绍陟

今天，依然是一天
我想安静地坐着
但是明明灭灭之声划过喉腔

我听到很多的声音从风里传来
从地里传来
从天上传来
到处都有裂口
和不闭上的眼睛

每一个字都是湿漉漉的
来不及看清颜色
它们就凝结成了板块
铺满了我一起一伏地扩展的胸腔
铺满了过去的岁月

和大地

有谁能把天上和地下
和身上所有的裂口
都堵上吗
就堵成一个堡垒
没有阳光和风,没有呼吸
——谁期待如此宁静
与寂灭?

即使倒下的日子与人
已化为泥土
依然有蛰伏的种子
只要是树
就必然往天上长

今天,依然是一天
枯草的眉睫随风摇曳
墙上的孔洞
注视着匆匆行人
我想起那些弯曲而陡峭的道路
拧成了一根泥泞的绳索
缚着命运——但是

我们,活着!

今天，依然是一天

陆绍阳

今天，依然是一天
我想安静地坐着
但是明明天天之声却进入耳膜

我听到很多声音从风里传来
从地里传来
从天上传来
到处都有裂口
裂口不闭上的眼睛

每一个字都是湿漉漉的
来不及看清颜色
它们就凝结成了板块
铺满了我一起一伏地扩展的胸膛
铺满了过去的岁月
和大地

有谁能把天上和地下
和身上所有的裂口
都缝上吗

就埋成一个星垒
没有阳光和海，没有呼吸
——谁期待如此宁静
与寂灭？

即使倒下的日子与人
已化为泥土
依然有期待的种子
只要是树
就必然经天上长

今天，依然是一天
枯草的睫毛随风摇曳
墙上的孔洞
注视着每一个人
我想起那些弯曲而陡峭的道路
扭成了一根泥泞的绳索
缚着命运——延走

我们，活着！

2007.08.08

诗人档案

杨争光(1957~),生于陕西乾县。诗人、作家。中国作家协会会员,中国电影家协会会员。1982年毕业于山东大学中文系,长期从事诗歌、小说、影视剧写作,著有《公羊串门》《老旦是一棵树》《黑风景》《越活越明白》《少年张冲六章》等小说;出版有十卷本《杨争光文集》及多部小说集、散文集、诗集。作品曾获星星诗歌创作奖,庄重文学奖,夏衍电影文学奖,《人民文学》小说奖,广东省鲁迅文学艺术奖等。1985年参加《诗刊》社第五届"青春诗会"。作品被翻译为英文、法文、塞尔维亚文、俄文等外语在世界多国出版发行。电影《双旗镇刀客》编剧,电视连续剧《水浒传》编剧,《激情燃烧的岁月》总策划,《我们的八十年代》总编审。

大西北

杨争光

玛拉斯湖在刮风
博斯腾湖在刮风
青海湖在刮风
鄂陵湖扎陵湖在刮风
准噶尔在刮风
塔里木柴达木在刮风
天山昆仑山祁连山在刮风
古尔班通古特在刮风
塔克拉玛干在刮风
巴丹吉林和腾格里在刮风
河西走廊在刮风
乌鲁木齐兰州银川西宁在刮风
黄土高原在刮风
起风了

黄帝陵秦皇陵昭陵乾陵在刮风
霍去病的石马在刮风
胡笳羌笛古筝编钟在刮风
飞天的长袖在刮风
生在这儿长在这儿活在这儿要刮风
死在这儿埋在这儿塑在这儿要刮风
几千年前一万年后要刮风
大西北是刮风的地方
大西北就是一股风

西北人在刮风的地方喝酒
西北人在刮风的地方造屋
西北人吃大块牛肉羊肉马肉
西北人点一堆火就烧熟骆驼
西北人生男儿生女儿
长大了就是西北人不会断子绝孙
西北人死了就埋进沙漠埋进戈壁
埋进随便哪一块地方不说什么
西北人敢和汉武帝唐太宗打仗
打赢了就烧就夺就抢
就让蔡文姬做他们头人的老婆
西北人失败了也是英雄

就让人家杀让人家割让人家宰
就让战马长啸让大雪扑满弓刀
西北人让儿孙们走进北京走进上海
走进杭州苏州扬州当丈夫当主妇
让全中国生长他们的骨血
西北人不敢碰见西北人
一碰见就会碰出一团火
碰出天山祁连山昆仑山
碰出毡房碰出拴马桩
碰出酒泉
碰出那一块刮风的地方
碰出一条倒淌河

西北人一个女人一顶帐篷
一群马一群孩子就是一个家
西北人一脸土一脸灰但不晦气
西北人穷得叮当硬得叮当
走到天尽头也能认得出
西北人打老婆骂老婆
出远门就想老婆
野男人拐走老婆就想动刀子
就闷在屋里喝酒

喝完酒就原谅了老婆

西北人开羊肉馆开牛肉馆

招揽天下人

西北人爱唱花儿爱唱道情爱弹冬不拉

西北人爱听板胡爱唱秦腔红脖子涨脸

西北人走几天见不着村庄见不着人影

就一个人自言自语

西北人在大沙漠大戈壁

在大山里异想天开

西北人要住楼房要乘电梯

要在漂亮的街道上遛达

西北汉子要娶漂亮姑娘

生漂亮儿子过漂亮日子

西北人想打电话想坐飞机

想知道天下事

西北人想爬上火车出潼关经河南

一夜间开进青岛开进太平洋

西北人吃一辈子苦一辈子一辈子

一辈子没怨过这个世界……

起风了

大西北在刮风

大西北

玛拉斯湖在刮风
博斯腾湖在刮风
青海湖在刮风
鄱陵湖扎陵湖在刮风
准格尔在刮风
塔里木坐达木在刮风
天山昆仑山祁连山在刮风
古尔班通古特在刮风
塔克拉玛干在刮风
巴丹吉林和腾格里在刮风
河西走廊在刮风
乌鲁木齐兰州银川西宁在刮风
黄土高原在刮风
起风了
黄帝陵唐望陵昭陵乾陵在刮风
霍去病的石马在刮风
胡笳羌笛古筝编钟在刮风
飞天的长袖在刮风
生在这儿长在这儿活在这儿都刮风

死在这儿埋在这儿醒在这儿都刮风
几千年前一万年后都刮风
大西北是刮风的地方
大西北就是一股风

西北人在刮风的地方喝酒
西北人在刮风的地方造屋
西北人吃大块牛肉羊肉鱼肉
西北人点一堆火就能跳锅庄跳
西北人生男儿生女儿
长大了都是西北人不会新不格勒
西北人死了都埋进沙漠里进戈壁
埋进随便哪一块地方不说什么
西北人敢和汉武帝唐太宗打仗
打赢了就绝不再争抢
绝让蔡文姬做他们头人的老婆
西北人失败了也是英雄
能让人家哭让人家叫让人家穿
能让战马长嘶让大雪扑满弓刀

西北人让儿孙们走进北京走进上海
走进杭州苏州扬州当夫当主妇
让全中国生出他的油骨血
西北人不敢碰见西北人
一碰见就会碰出一团火
碰出天山祁连山昆仑山
碰出独房碰出拴马桩
碰出酒象
碰出那一块刮风的地方
碰出一条倒淌河

西北人一个女人一顶帐篷
一群马一群羊就是一个家
西北人一脸土一脸皮但不晦气
西北人穷硬叮当硬得叮当
走到天尽头也浪汉出
西北人打老婆骂老婆
出远门就想老婆
野男人拐走老婆就想动刀子
就闷在屋里喝酒
喝完酒就原谅了老婆

西北人开羊肉馆开牛肉馆
招揽天下人
西北人爱唱花儿爱唱道情爱撩叉不拉
西北人爱听破胡爱唱秦腔和胳膊窝腔
西北人走几天路不着村庄不着人影
就一个人自言自语
西北人在大沙漠大戈壁
在大山里串想天下
西北人爱住楼房爱乘电梯
爱在湾港的街道上溜达
西北汉子爱娶海龙姑娘
生湾港儿子道湾港日子
西北人想打电话想坐飞机
想知道天下事
西北人想爬上大宛出潼关纷河南
一夜间开遍青岛开进太平洋
西北人吃一辈子饺一辈子辫子
一辈子没跟这这个世界……

起风了
大西北在刮风

1985年青春诗会

诗人档案

何香久（1955~　），河北沧州人。毕业于北京大学中文系，中国作协会员，中国电影文学学会理事。有创作及治学成果1.2亿字出版。1985年参加《诗刊》社第五届"青春诗会"。目前主导全国最大学术工程，整理并重缮《四库全书》。影视获中宣部第十三届"五个一工程奖"。影视作品曾获第二十九届全国电视剧飞天奖一等奖，第十届金鹰奖最佳电视剧奖，上海市优秀文艺作品奖，河北省委宣传部"五个一工程奖"特别奖（两次）等奖项。

黄果树大瀑布

何香久

走近你　我是虔诚的朝圣者
你在百丈崖头哗然抖开一面
白色的旗帜（不是生命向死亡投降的白旗）
一万部雷在轰鸣而至
我不敢相信　你就是从那幽谷
飘逸而出的一抹白雪
一旦走到这没有路的山崖
你也会直挺挺地站起　纵身一跃
这纵身一跃　石破天惊的瞬间
便成为永恒
你在长天挂出一幅柔弱者宣言
从令懦夫目眩的高度
让人感受你精神与意志的
最大落差

黄果树大瀑布

何育之

走近你 我是虔诚的朝圣者
你在百丈崖头哗然抖开一面
白色的旗帜（不是生命向死亡投降的白旗）
一万都雷霆轰鸣而至
我不敢相信 你就是从那山谷
飘逸而出的一抹白云
一旦走到这没有路的山崖
你也曾真挺挺的站起 纵身一跃

这纵身一跃 石破天惊的瞬间
便成为永恒
你在长天挂出一幅桀骜着宣言
从今儒夫且脆的高度
让人感受你 精神与意志的
　　　最大落差

　　　　　　1985. 8. 16 贵阳
　　　　　　青春诗会

诗人档案 王建渐(1960~),本名王建,出生于辽宁大连,祖籍湖北崇阳。1978年考入华中师范大学中文系。1985年参加《诗刊》社第五届"青春诗会"。业余笔耕,出版诗集、长篇小说多部。近年潜心经济现象与史学研究,改笔名为王老建。已出版专著《谁为晚餐买单》(副题"若水方圆史玉柱")和《代号二三四八》(副题"从三线建设到国企改革")。

赛 季

王建渐

赛季和雨季一样
和潮汛的季节一样不可思议

赛季和屋檐下的古石板
和最后的沙滩一样
有令人遗憾的缺陷
那都是因为你没有来

拍动巴掌拍动巴掌
这可能是我在窗下
或在黑夜的海边向你发出约会暗号
在赛季我不这样
在赛季我抖动双臂

赛季如你一样真难等待
在赛季才有赢球和复仇的机会
上次我踢进球你没看见
人生的球真难踢
我每天都在你鄙蔑的场地
狂妄奔跑
每分每秒迎接你的到来

赛季

王建渐

赛季和雨季一样
和潮汛的季节一样不可思议

赛季和屋檐下的古石板
和最后的沙滩一样
　　有令人遗憾的歌谣
那都是因为你没有来

拍动巴掌拍动巴掌
这可能是我在窗下
或在黑暗的海边向你发出约会暗号
在赛季我不这样
在赛季我抖动双臂

赛季如你一样真难等待
在赛季才有赢球和复仇的机会
上次我踢进球你没看见
人生的球真难踢
我每天都在你部署的场地
狂妄奔跑
每分每秒迎接你而到来

原载1987年5月号《诗刊》

诗人档案 何铁生（1961~　），生于北京。职业画家、诗人。1979年开始写诗，1985年参加《诗刊》社第五届"青春诗会"。在《人民文学》《诗刊》《星星》《绿风》《诗人》等海内外报刊发表三百余首（篇）诗歌、散文作品。出版有诗集《亚细亚荒原》《爱的三原色》和《苍白岁月》。

旅　人

何铁生

路旁的三色堇为谁而开？
门楣边的风铃响给谁听？
当黄昏染红河中的倩影，
旅人，你就是一颗星！

带来了远方云雀的欢鸣，
这欢鸣浸入河畔早春的梦；
带来了甜柔而芳香的故事，
这故事点亮了边城黄昏的灯。

那欢鸣的谐音发自你的琴弦，
这琴弦合奏着高原的微风；
那故事来自马驹遗失在篮筐里的轻吻，
这轻吻荡起河水爱情的波声。

这里的一切都那般美丽、陌生。
——高原、鸦鸣、牧羊女、朝圣者和冰峰；
沿着岁月和生命的公路不断拓进，
太阳照耀着爱和自由的群鹰。

路旁的三色堇为谁而开？
门楣边的风铃响给谁听？
当黄昏染红河中的倩影，
旅人，你就是一颗星！

旅　人

　　　　　何铁生

路旁的三色堇为谁而开？
门楣边的风铃响给谁听？
当黄昏染红河中的倩影，
旅人，你就是一颗星。

带来了远方云雀的欢鸣，
这欢鸣浸入河畔早春的梦；
带来了甜蜜而芳香的故事，
这故事点亮了边城黄昏的灯。

那欢鸣的谐音发自你的琴弦，
这琴弦合奏着高原的微风；
那故事来自马驹遗失在篮筐里的轻吻，
这轻吻荡起河水爱情的波声。

这里的一切都那般美丽、陌生.
——高原、鸦鸣、牧羊女、朝圣者和冰峰；
沿着岁月和生命的公路不断拓进，
太阳照耀着爱和自由的群鹰。

路旁的三色堇为谁而开？
门楣边的风铃响给谁听？
当黄昏染红河中的倩影，
旅人，你就是一颗星。

诗人档案 胡鸿（1963~　），女，诗人、作家。武汉大学毕业，1985年参加《诗刊》社第五届"青春诗会"。于国内外出版了八本诗文集。长江少儿出版社出版胡鸿育儿心得《我送孩子读名校》，被评为湖北省农家书屋推荐读物，誉为"留学家长实用手册"。举办二十多场教子讲座广受好评。

一个人要好好地走

胡　鸿

如果你将离去
我不再挽留
剩下的日子
还得向前走

如果你还回头
泪不必再流
以后的岁月
还得苦苦奋斗

如果已成陌路
好好道声珍重
风里雨里
一个人要好好地走

相思汇成河流
记忆不会带走
人生能相爱一次
也就别无所求

一个人要好好地走

胡鸿

如果你将离去
我不再挽留
剩下的日子
还得向前走

如果你还回头
泪不必再流
以后的岁月
还得苦苦奋斗

如果已成陌路
好好道声珍重
风里雨里
一个人要好好地走

相思汇成河流
记忆不会带走
人生能相爱一次
也就别无所求

诗人档案

华姿（1962~ ），女，生于湖北天门。毕业于武汉大学中文系。1985年参加《诗刊》社第五届"青春诗会"。主要著有：诗集《一切都会成为亲切的怀念》《感激青春》《一只手的低语》；散文随笔集《自洁的洗濯》《两代人的热爱》《花满朝圣路》《赐我甘露》《在爱中学会爱》《万物有灵皆可师》等，传记文学《德兰修女传》《史怀哲传》。曾获屈原文艺奖、冰心图书奖、最灵动图书奖、《长江文艺》散文奖、长江丛刊文学奖。1981年开始写诗，1991年停笔，2017年重新开始创作。

怀念（节选）

华 姿

那一天／你对我说／你总是要走的……
也许人生的路上／注定了要有这么一次相知与相离／注定了要有
这么一片爱的追光恨的潮汐／也许岁月的每棵树每块岩石
都必须经受春夏秋冬的洗礼。
然而我想对你说对你说／虽然下过一场雨／虽然雾霭弥漫／
然而越过那片丛林越过那座山／依然看得见南方的岸。
我想对你说／从我把手放进你手里的那一刻起／我就不准备抽出。

不知你的梦中有没有我。
每夜我这样问着闭上眼睛／不知你是否和我说着同样的
话／灭掉你的灯。
你不要拴紧你的门／我会在午夜如水缘根而入／你的梦
境就会因此绿荫匝地。

怀念 (节选)

华婆

那一天/你对我说/你总是要走的……

也许人生的路上/注定了要有这么一次相知与相离/注定了要有这么一片爱的追光恨的潮汐/也许岁月的每棵树每块岩石/都必须经受春夏秋冬的洗礼。

然而我想对你说对你说/虽然下过一场雨/虽然雾霭弥漫/然而越过那片丛林越过那座山/依然看得见南方的岸。

我想对你说/从我把手放进你手里的那一刻起/我就不准备抽出。

不知你的梦中有没有我。

每夜我这样问着闭上眼睛/不知你是否和我说着同样的话/灭掉你的灯。

你不要拴紧你的门/我会在午夜如水缘根而入/你的梦境就会因此绿荫匝地。

1985年

鸽群,在八月的高原上起飞
——记1985年"青春诗会"

宗 鄂

在八月黄金季节里,十二位青年诗作者像一群活泼可爱的鸽子,从长白山大森林飞来,从北戴河海滨飞来,从长江口,从江汉平原,从秦岭,从四川大盆地飞来,欢聚在贵州高原。相互间亲昵地梳理着羽毛,互相倾听鸽哨的音响,互相纠正飞翔的姿势,共同寻求自我超越,寻求新的高度。

夏天的高原气候宜人。今年的气温却有些偏高,大概是主人分外热情的缘故吧。参加诗会的同志所到之处,无不受到热情接待。作协贵州分会、《山花》及《花溪》编辑部还派了编辑经验丰富的程湿谟、何锐、叶笛三位同志与我们一道工作。我们同十二位青年朋友一起交流探讨和切磋诗艺,帮助他们修改作品,感受到他们的青春气息,仿佛我也年轻了许多。

作品讨论带有小结性质。参加这次诗会的同志对具体作品进行剖析,又结合过去的创作实践,对以往的观念、理论和思维方式重新审视,寻找自己的局限,力求突破。当前,四门大开,八面来风。诗歌领域和一切文学艺术领域一样躁动不安,对过去进行小结,是为了艺术创造的提高。读者和诗人们对日趋老化的、一度流行的抒情方式感到疲倦和不满足。因为任何一种新异，一旦成为时尚、模式，新异也就变为平庸。"流行诗"的悲哀在于一窝蜂似地赶浪头，听不见自己的声音，缺乏自己的艺术个性。一部分诗人和年轻作者，从接受美学方面考虑，开始注意到作者与读者的关系；开始重新注意到生活的根、民族的根。文学艺术不能离开生长的土地和环境，没有根，就会有失重感。诗人们不仅应当向外，横向开拓，而且向内，向纵深开拓，居民族的土壤中找到的新的基点。

题材的多样化，是这次诗会的一个显著特点。他们在各自的艺术追求中显示出一种新的风貌。

灯下，我翻阅一页页诗稿，似有一股清新的风，夹带着生活的馨香扑面而来。他们大多立足于写自己熟悉的生活，有感而发，从现实生活中发掘诗情，多方面、多角度地表现了纷繁的社会及当代人丰富复杂的内心世界。有表现高原溶洞、瀑布等景观及人与自然的默契；有表现海上渔民、纺织女工、乡村妇女的命运与追求；有表现对人生、对现实的关注，对美对爱情的召唤；有表现教师性灵及孩子的世界等等。一个人、一首诗就是一个完整的领域。由于内容和表现方式的不同，他们的诗反映出各自的特色。有的直率豪放，热情激越；有的冷静沉稳，含蓄婉转；有的纯净淡雅，清新风趣。或贴近传统，或具有现代倾向、现代意识，但大多是化合体，既是传统的，又是现代的。十二位作者不安于现状，又坚信自己的发现，努力寻找突破的契机，努力写出人的价值感、命运感和时代感，拓展开掘现实的广度和深度。

张烨是比较成熟的一位。文字较有功力，诗真诚自然、底蕴深厚，很注意意境美，她的诗常常灵秀中潜藏着内在的热情。《高原上的向日葵》想象奇妙，构思精巧，有独到的发现。她想象向日葵的转盘里嵌满了灰黄色的小茅屋，并且从茅屋里走出来的人，个个都是帝王。作者把自己的审美理想赋予了高原人民。向日葵是作者感情的对应物，理念隐藏在形象的背后,具有暗示性。作者从自然界得到灵感,又创造出另一个与自然界相像的但更高的艺术世界。

孙桂贞的诗深沉凝重,坦率真切,豁达自然,充满了对未知的执着追求。她选择海鸥和潮等象征性很强的形象,造成多义性,又与人生经验相契合,谱写出了一支支当代人对人生、知识、爱情的心理状态及对宇宙空间对未来痴情探求的回旋曲,让我们看到一个坚韧的强者的内心。

王汝梅则带着山里妹子的纯朴和天真。她的诗,不尚修饰,像森林中的野花,美得自然。她表现了一群山村妇女对命运、对现实生活的不满足,以新的姿态和精神面貌迎接崭新的历史。这些女人怀着好奇心走出一个封闭的世界,去追赶时代的步伐。《今天的列车没有晚点》和《山里,有这样一个女人》寄托了作者对她们的同情与关注,语言质朴无华。作者应该提高自信心,不妨走自己的路。

同是写高原和山民的唐亚平、陈绍陟,诗都具有高原特色,昂扬激越,情绪饱满,粗犷沉雄。但唐亚平更富有气势,带一点野性的美。《我举着火把走进溶洞》具有高原女人的强悍和自信,具有敢于征服自然、社会的勇气,宣泄了高原贫瘠压抑的痛苦,歌颂了高原人民的崇高与壮烈,令人思索,也不能不想着我们的时代。陈绍陟则把目光对着山民,着重刻画人物,有叙事成分,表现了山民顽强的性格,刚柔并重,带有一点野趣。他就出生在高原,是一个山民的儿子,具有山民的气质。

杨争光以白描见长,口语入诗,作品清新晓畅,深入浅出,平中见奇。他对大西北的历史与现实,对西北人的豪放和敦厚及生活风情的一系列形象化描写,朴素有力,饶有风趣。《大西北》中的"风"是种种精神的化身个性的显现。诗中近二十行"在刮风"的排比,因为是典型的,读起来并不觉得累赘拖沓,不觉厌倦,反而感到新颖别致。

何香久写渔民生活的诗,有充实的内涵,形象传神,朴素稳健。

赞美生活，但不粉饰生活，观察深入细致，文字也比较扎实。

何铁生得力于绘画的功底，将诗画熔于一炉，墨色浓重却不妖艳，语言洗练，近似泼墨写意。

刘敏的小诗细润清丽，典雅恬淡，具有女性特有的温情与缠绵。

胡鸿喜欢通过生活细节，抒发流动自如的情绪，如悄声细语，透明单纯。

王建渐熟悉纺织女工的生活，了解她们的欢乐与忧愁，从平凡的生活中提取诗情，展开联想，有一定意蕴。

华姿的内心独白委婉亲切，情感丰富真诚，文笔简约清澈，颇有韵致。

十二位年轻人素养、气质各不相同，艺术表现各有所长，也各有所短。

实事求是地说，这次参加诗会的同志水平还是参差不齐的。有的较成熟，有的则有好的势头，却较稚嫩。

改稿过程中，我感到不少同志对现实生活总体把握不够，创作时多任凭感情的流动，而概括力不足常常造成诗的冗长、散漫、芜杂。在上届诗会上，诗人流沙河有一句话我的印象很深。他说，作品耐读不耐读，还要以谋篇见功夫。诗人的经验之谈是值得借鉴的。贺拉斯也说过："我的希望是要把人所尽知的事物写成新颖的诗歌，使别人看了觉得这并非难事，但自己一尝试却只流汗而不得成功。这是因为条理和安排起了作用，使平常的事物能升到辉煌的峰顶。"（《诗艺》150页）这"条理和安排"就是结构及谋篇，也包含独具慧眼的发现，寻找表现的最佳角度。

另外一些同志生活及题材范围狭窄，表现方式单一；特别是对宏观题材的把握，显得气力不足，力不从心。改稿中，有的同志因受阅历和修养的局限，虽有好的题材、好的立意，写起来却不能得心应手，未能改好,十分可惜。除诗内功夫外,诗外功夫不足是主要的原因。一方面应该努力在对古今中外诗歌名篇的认真研读和自己的创作实践中,掌握和自觉运用技巧,丰富自己的表现力,一方面提高内在修养。由于历史的特殊原因,曾经形成文化的断层,我们与传统文化及世界文化隔绝了很多时间。诗人们需要付出长期艰苦的努力,用知识来弥补和填充这一缺陷。有成就的作家,诗人大多是根底深厚、学贯中西的学者,作品有大家气度。他们的成就除了天才的条件外,更重要的是勤奋博学。就诗学诗,只能成为诗匠,甚至作茧自缚,成不了大气候。虽是老生常谈,但仍不揣冒昧,重提在于以此共勉。

　　诗会早已结束了,但那高原上苦恼与欢乐的八月,遵义车间及重庆朝天门码头依依惜别的情景,依然如在目前。一群活泼可爱的鸽子舒展开尚未丰满的羽瓴,从高原上起飞了,沿着母性的长江飞去,向着未来的蓝天飞去。我诚恳地祝愿鸽群飞得更高更远。

1985.9